운수 오진 날

운수 오진 날 Part 2

1판 1쇄 인쇄 2024년 3월 27일
1판 1쇄 발행 2024년 4월 24일

지은이 송한나 김민성

발행인 황민호
본부장 박정훈
책임편집 강경양
기획편집 김사라 이예린
마케팅 조안나 이유진 이나경
국제판권 이주은
제작 최택순

발행처 대원씨아이㈜
주소 서울특별시 용산구 한강대로15길 9-12
전화 (02)2071-2094
팩스 (02)749-2105
등록 제3-563호
등록일자 1992년 5월 11일

ISBN 979-11-7203-765-9 04810
979-11-7203-763-5 (set)

멈출 수 없는 동행

아직 끝나지 않았다

운수 오진 날

Part 2

송한나
김민성
대본집

니들북

"운수 오진 날을 사랑해주셔서
감사 합니다"

이 성민

배우
이성민

<운수 오진 날>을 사랑해주셔서 감사합니다.

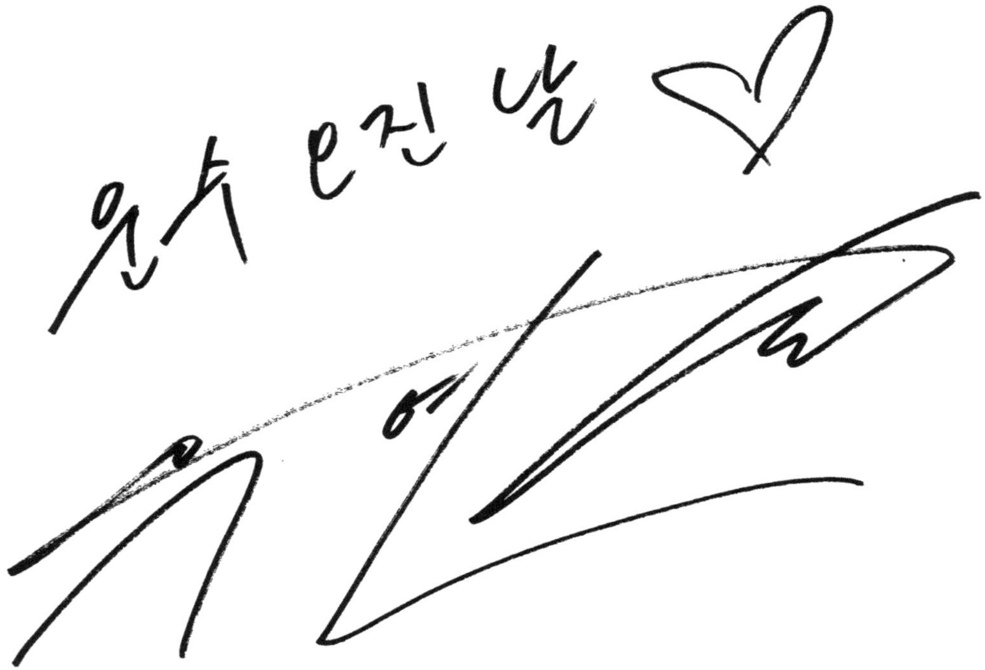

배우
유연석

<운수 오진 날>을 사랑해주신 모든 분들께 감사드립니다. 혁수를 연기하는 매일이 기대되고 설레고 재미있었습니다. 독자분들도 <운수 오진 날>의 매력을 다시 한 번 느끼셨으면 좋겠습니다. 저희 작품 오래오래 기억해주세요. 감사합니다.

배우

이정은

짤막한 웹툰에서 소재를 얻어 긴 장편 드라마 대본을 만드는 일은 작가에게 엄청난 인고의 시간을 요구하고, 이렇게 만들어져 세상에 나온 작가의 작품은 입체적인 상상의 나래를 펼치게 하는 생생함으로 우리를 감동시킵니다. 마치 우리가 함께 겪고 있다는 착각이 들게 만들어버립니다. 김민성, 송한나 두 작가님의 <운수 오진 날> 대본을 통해 독자들은 긴박하게 흘러가는 상황 속에서 어쩔 수 없는 선택을 하고 그 결과를 감내해야 하는 오택의 감정선을 따라가며, 세상의 이치에 관해 귀를 기울이는 시간을 갖게 되실 거라 여겨집니다. 저 역시 그랬으니까요. 대본집 발간을 진심으로 축하드리고 <운수 오진 날>로 함께할 수 있어서 감사했습니다. 다시 한 번 축하드립니다.

작가의 말

"〈운수 오진 날〉이라는 원작이 있는데 작가님들이 잘 쓰실 거 같아요."

2020년 12월, 더그레이트쇼 오환민 대표의 제안으로 〈운수 오진 날〉과 처음 만났습니다. 하지만 원작을 읽고 나서는 정중히 고사하는 방향으로 의견을 모았습니다. 25화짜리 짧은 웹툰으로 어떻게 긴 호흡의 드라마를 구성해야 할지 막막했기 때문입니다.

그런데 자꾸만 떠오르는 잔상들이 있었습니다. 천진하게 살인을 고백하는 금혁수가 보여주는 인간 본연의 그림자.. 밀폐됐지만 창밖으론 오픈된 택시라는 아이러니한 공간에 갇힌 오택의 공포.. 두 사람이 나누는 대화의 편린들.. 끝내 오택이 마주하는 끔찍한 비극적 결말이 그것들이었습니다.

문득 '왜 죄 없는 자가 고통 받아야 하는가?'를 물었던 구약 성경 속 욥의 이야기가 떠올랐습니다. 선함이 곧 복으로 돌아오지 않는 세상에서 아무 죄 없이 참혹한 고통을 받게 된 오택이 어떻게 살아야 할지 궁금했습니다. 우리가 사는 세상에선 수많은 묻지 마 범죄가 일어나고, 죗값을 받지 않는 죄인들이 넘쳐납니다. 오택이 겪게 되는 부당한 고통의 이야기가 '불합리한 세상'을 살아가고 있는 평범한 우리에게도 유효하다는 생각이 들었습니다.

금혁수를 마치 인간을 가지고 신과 내기하는 '메피스토펠레스'처럼 그려보고 싶다는 생각도 들었습니다. 악마 같은 금혁수의 끊임없는 유혹과 고난 앞에서 오택은.. 그리고 우리 모두는.. 과연 끝까지 인간으로 남을 수 있을까? 이 질문이 드라마 〈운수 오진 날〉에 도전하게 된 시작점이었습니다.

주인공은 오택이어야 했습니다. 금혁수라는 괴물의 심연을 들여다보는 원작의 시선도 흥미로웠지만, 인간을 대변하는 오택의 고통에 더 관심이 갔기 때문입니다.

살인마 금혁수에게 오택을 악으로 물들이고 싶어 하는 악마성을 부여하고 보니, 금혁수의 고백이 진실이 아니게 느껴졌습니다. '목포로 향하는 모든 여정이 오택에게 최악의 비극을 선사하기 위한 금혁수의 거짓 빌드업이라면?' 이라는 상상에 이르자 파트 1과 파트 2를 나눌 반전과 데칼코마니 구성이 떠올랐습니다.

막강한 괴물에 맞서다 파괴될 오택에게 두 번째 기회를 주기 위해 또 다른 '인간'이자 외로운 추격자인 황순규 캐릭터까지 설정하자 스릴러로서 장르적 요소들이 갖춰지기 시작했고, 10부작 드라마로 해볼 만하다는 자신이 생겼습니다.

타인의 고통도 자신의 고통도 느끼지 못하는 금혁수는 인간성을 포기하라며 지속적으로 오택을 유혹합니다.

'살인을 하면 강해진다는 악마와 대적하는 오택에게 진짜 승리란 무엇일까?'

'세상은 불합리하다는 금혁수와 인과응보는 존재한다는 오택 중 과연 진짜 세상은 누구의 손을 들어줄까?'

〈운수 오진 날〉을 집필하는 여정은 이러한 질문들에 대한 답을 찾아가는 과정이었던 것 같습니다.

돌이켜보면 〈운수 오진 날〉과 함께한 3년 가까운 시간 동안 많은 일이 있었습니다. 몇 달간 공들여 작업한 대본을 뒤엎기도 했고, 어두운 스릴러라는 장르적 제약 때문에 많은 걱정과 고민을 하기도 했습니다. 반신반의한 마음으로 대본을 드렸던 이성민 배우님, 유연석 배우님, 이정은 배우님이 흔쾌히 출연을 결정해주셨을 땐 저희야말로 더할 나위 없이 운수 좋은 작가들이라고 생각하며 행복했고, 본격적으로 제작이 진행되면서부터는 이상과 현실의 간극을 느끼며 울기도 하고 웃기도 했습니다.

그 시간 동안 함께하며 부족한 저희 대본을 온전하게 만들어주신 많은 분께 이렇게나마 인사를 드리고 싶습니다.

이성민 배우님. 철없는 오택으로 시작해서 악마가 열어둔 문 앞에 선 마지막 오택까지.. 변화하는 배우님의 얼굴은 모든 순간, 모든 장면마다 경이로웠습니다.

유연석 배우님. 금혁수의 수식어가 '연쇄 살인마'를 넘어 지금껏 본 적 없는 '순수악' 그 자체가 될 수 있게 해주셨습니다. 작가로서 너무 행복했습니다.

이정은 배우님. 분노와 모성애, 번민까지.. 스펙트럼이 큰 감정들이 배우님의 연기로 인하여 한순간에 느껴질 때 진심으로 감탄했고, 감사했습니다.

많은 시청자분께서 말씀하시듯 〈운수 오진 날〉을 '연기 차력쇼'로 만들어주신 김중민 역할의 정만식 배우님, 장미림 역할의 우미화 배우님, 고주환 역할의 최덕문 배우님을 비롯한 모든 배우님들께도 온 마음을 담아 감사드립니다. 일일이 지면에 담을 순 없지만 가슴 깊이 새기겠습니다.

또한 저희보다 저희를 더 잘 알고 작품을 제안해주신 더그레이트쇼의 오환민 대표님, 언제나 든든하고 믿음직한 후원자 김경태 대표님, 친밀함을 넘어 애증의 단계인 강보현 제작이사님, 아닌 걸 아니라고 얘기할 줄 아는 스마트함과 드라마를 사랑하는 진정성까지 지닌 정혜원 PD님께 감사드립니다.

영화계에서의 인연으로 저희를 응원해주신 스튜디오N의 권미경 대표님, 동에 번쩍 서에 번쩍 어딘가에서 〈운수 오진 날〉을 어떻게 하면 더 잘 만들 수 있을까 고민하시던 김민 PD님께 감사드립니다.

〈운수 오진 날〉이 만들어질 수 있도록 마중물을 길어주신 스튜디오드래곤의 김제현 대표님과 미소와 함께 묵묵히 지켜봐주신 유상원 본부장님, 해낼 수 있다는 긍정의 에너지와 부러우리만큼 놀라운 실행력을 지니신 장신애 CP님, 양양까지 출퇴근을 불사하며 하얗게 열정을 불태우신 최순규 PD님, 현장에선 그림자처럼 무대 인사 때는 전문 MC처럼 팔색조 매력을 보여준 허재무 PD님께 감사드립니다.

〈운수 오진 날〉을 애정해주신 티빙의 최주희 대표님과 전혜린 팀장님 이하 티빙 담당자분들께도 감사드립니다.

밤 촬영과 로케이션이 많은 로드 무비 장르라서 피곤함이 이루 말하기 힘든 현장이었을 텐데 반드시 좋은 이미지를 만들어내겠다는 집념을 보여주신 이지훈 촬영감독님, 류시문 조명감독님, 김경호 미술감독님, 현장 방문 때마다 옆자리를 내주신 최지원 오디오감독님을 비롯해 무술, 의상, 분장, 헤어, 음악, 편집, 제작팀, 연출팀분들과 10년 전의 인연으로 작품에 참여해주신 조태희 대표님, 전건익 대표님께 감사드립니다.

아포리아 작가님, 필감성 감독님, 이승훈 감독님과 저희가 미처 인사드리지 못한 모든 관계자 및 스태프분들께 진심으로 수고하셨다는 말씀과 함께 감사 인사를 드립니다.

끝으로 대본집 출간의 기회를 주신 출판사와 대본집을 사주신 분들, 그리고 드라마 〈운수 오진 날〉을 시청해주신 모든 분들께 마음 깊이 감사드립니다.

드라마 〈운수 오진 날〉 작가

김민성·송한나

일러두기

- 이 책의 편집은 김민성·송한나 작가의 집필 방식을 따랐습니다.
- 대사는 글말이 아닌 입말임을 감안해 한글 맞춤법과 어긋나더라도 표현을 살렸습니다. 지문은 한글 맞춤법을 따르되 어감을 살리기 위해 고치지 않고 그대로 둔 경우도 있습니다.
- 대사에 은어나 비속어, 표준어가 아닌 말이 포함되어 있습니다.
- 대사와 지문에 등장하는 말줄임표, 쉼표, 느낌표, 마침표 같은 문장 부호는 작가의 집필 의도를 살리기 위해 그대로 실었습니다.
- 이 책은 작가의 최종 대본으로서 방영된 내용과 다를 수 있습니다.

차례

기획 의도

어느 운수 좋은 날,
하루하루 소박한 일상을 살던 한 평범한 택시운전사가
사이코패스 연쇄 살인마의 집착과 광기로
생존의 위기에 내몰리는 불행을 맞닥뜨린다.

택시운전사는 묻는다.
이러고도 니가 무사할 거 같냐고.

살인마는 답한다.
그럴 거라고. 왜냐면 세상은 원래 착하다고 복 받고 죄짓는다고 벌 받는 곳이 아니니까.

그 어느 때보다 인과응보에 대한 믿음이 희박해지는 세상이다.
열심히 산다고 윤택한 삶을 약속 받지 못하고
착하게 산다고 복을 돌려받지 못한다.
이기적인 인간들이 사회의 꼭대기를 차지하는 게 당연해졌고
선행이 때로는 보복으로 되돌아오기도 하는 이 세상은 불합리로 가득하다.

인간의 탈을 과감히 벗어던진 살인마는
그래도 인간된 도리를 지켜야 한다고 말하는 택시운전사를 비웃는다.
이런 세상에서 왜 도덕과 윤리 따위를 지키고 살아야 하죠?

원인 모를 불행에 좌절한 죄 없는 택시운전사는
나약한 인간의 착한 가면을 벗고 강해지라는 살인마의 말에 흔들린다.
살아남기 위해선.. 승리하기 위해선.. 괴물이 되어야만 하는 것일까?

괴물에 맞서 싸우다 어두운 심연으로 끌려 들어가는
택시운전사의 여정을 통해 질문하고 싶다.
우리를 괴물의 길로 내모는 이 불합리한 세상을 어떻게 살아갈 것인가?
괴물이 될 것인가? 아니면 인간으로 남을 것인가?

등장인물
Part 2

오택

남, 50대, 택시운전사

"대부분의 사람들이 혁수씨처럼
살인 안 하고, 착하게 살려고 노력하는 건..
그래도 언젠가 착하게 살아온 대가가 따라올 거라고 믿기 때문입니다."

현실감각 없는 무한긍정주의자이며 남의 말을 잘 믿는 팔랑귀다.

평생 잘 다니던 공장에서 공장장 승진을 앞두고 있었는데 믿었던 후배놈 하나가 동업하자고 바람을 살랑살랑 집어넣었고 후배의 배신으로 뒤통수 앞통수 어퍼컷 쓰리콤보를 맞았다. 동업 사기로 빚더미에 오르고 구치소에 다녀오며 가족이 해체되는 등 그야말로 불운의 아이콘 같은 인생을 살아왔음에도 수다쟁이 오지라퍼에 나잇값 못하는 철부지 오택은 여전히 해맑다.

택시운전사로 일하는 현재 오택의 목표는 오로지 가족의 재결합이다. 하지만 아내는 재결합의 여지를 주지 않고 냉랭하며, 오택이 떠안은 빚더미로 꿈이 좌절되었던 큰딸 승미는 대학생이 된 지금도 서먹하다. 그럼에도 오택은 인과응보를 믿는다. 열심히 착하게 살다 보면 언젠가 복이 올 거고, 가족의 행복도 되찾을 거라는 강한 믿음이 오택에겐 있었다. 그날이 오기 전까지는.

돼지꿈을 꾸고 손님이 끊이지 않던 어느 운수 좋은 날.. 오택은 승미의 등록금을 위해 마지막 손님의 미심쩍은 묵포행 제안을 받아들인다. 하지만 손님의 정체는 인간의 탈을 벗어던진 살인마였고, 예기치 못한 불행과 마주한 오택은 삶을 위한 강렬한 투쟁을 시작하게 되는데..

그날 밤, 오택은 사투 끝에 살아남지만 모든 걸 잃는다.

그리고 4년 후.. 드디어 살인마를 찾아낸 오택은 자신을 조롱했던 살인마의 충고를 끄집어낸다. 오택이 비겁하고 나약하기 때문에 가족들을 지키지 못한 거라던 살인마의 충고.. 한때 누구보다 인간적이었던 오택은 인간의 탈을 벗어던지고 살인마 사냥에 나선다.

"모든 일에는.. 대가가 따르는 거야."

이병민

남, 20대, 연쇄 살인마

"세상은 원래 불합리한 곳이라구요.
죄짓는다고 벌 받는 세상이 아닌데
왜 도덕과 윤리 따위를 지키고 살아야 하죠?"

몸에 밴 예의, 기품 있는 몸놀림. 이병민을 한마디로 표현하자면 '우아한 괴물'이다.

고교 시절.. 첫사랑 윤세나에게 배신당하고 바다를 보러 가기 위해 고속버스에 탔다가 교통사고로 뇌 편도체 손상을 입은 후 두려움이 사라졌다. 또한 그때 사고로 신기한 일이 생겼는데 고통을 느낄 수 없게 되었다는 것이다. 치료 중 수련의가 실수로 떨어뜨린 메스가 자신의 허벅지에 박혔음에도 아무 통증이 느껴지지 않자 이병민은 생각했다. '우와! 나한테 슈퍼파워가 생겼구나.'

두려움과 고통을 모르는 능력은 이병민을 최상위 포식자로 군림하게 했고, 살인이라는 행위를 통해 자신의 우월함을 확인한 이병민은 죽더라도 범인 잡아달라고 쫓아다닐 가족 하나 없는 잉여 인간들을 살해한다. 하지만 잉여 인간 사냥이 지겨워져 선택한 대학생 남윤호 살인을 시작으로 완벽하게 이어왔던 살인이 삐걱거리기 시작하자, 이병민은 밀항하기 위해 오택의 택시에 올라타 목포로 향하게 되는데..

이병민은 몰랐다. 약자라고 무시했던 오택의 생존을 위한 투쟁이 자신의 계획을 꼬이게 할 줄은..

오택 역시 몰랐다. 오택의 꼴같잖게 알량한 인간성을 무너뜨리기 위한 이병민의 또 다른 계획이 목포행에 숨겨져 있단 사실을..

그날 밤, 괴물과 인간의 싸움은 괴물의 완벽한 승리로 끝난다.

그리고 4년 후.. 이병민의 어느 운수 좋은 날.. 오택에게 사냥당하고 실체가 드러난 이병민은 히든카드를 꺼내 든다.

"기사님.. 기사님!! 선물이 있어요!"

황순규

여, 50대, 아들을 잃은 엄마, 외로운 추격자

"대체 어떻게 해야 수사해주는 건데요?
그놈 지금 목포 가고 있다고요!
배 타고 사라져버리면 영영 못 잡는다구요!!"

화훼농원 주인이다. 툭툭 내뱉는 말투에선 강인함과 고집이 느껴지고 겉으론 단단해 보이지만 그 속엔 모성의 따뜻함을 지닌 외강내유형 인물.

원래는 여린 사람이었다. 하지만 좋은 사람이 아니었던 남편 탓에 고생을 많이 했고, 외동아들 남윤호가 여섯 살이 되던 해 남편과 헤어진 후 세상에 맞서 싸우는 전투 모드로 홀로 아들을 키우며 살아왔다.

그런 그녀에게 윤호의 부고는 세상이 무너지는 소식이었다. 빛나던 아들 윤호의 자살을 받아들일 수 없었던 순규는 수소문 끝에 윤호에게 자살을 속삭인 '그 남자'의 존재에 대해 알아내는데..

금혁수가 오택의 택시에 올라타 묵포로 향한 그 시각. 순규는 수상한 고시원 화재 사고로 입원한 윤호후배를 찾아 병원에 갔다가 '그 남자'가 병원 레지던트 금혁수임을 알아차린다. 하지만 증거를 들먹이며 그녀를 외면하는 경찰.

'그 남자'를 찾아야 하는 건 오로지 자신의 몫임을 깨달은 순규는 외로운 추격자가 되어 오택의 택시를 뒤쫓기 시작하는데..

"너.. 누구야?!!!"

드디어 마주한 아들을 죽인 범인의 얼굴은 '금혁수'가 아니었고, 충격으로 혼란스러운 황순규의 총구가 흔들린다.

김중민

남, 40대, 서문 경찰서 형사2팀 형사

"어머니. 저 윤호군 사건만 몇 달을 팠어요.
어머니 마음속에 응어리 안 남게 하려고 싹싹 뒤졌다고요.
결론은 아시죠? 타살 정황도.. 증거도.. 목격자도.. 아무것도 안 나왔잖아요."

현실과 이상 사이에서 갈등하는 형사다.

누구보다 열심히 일하는 그는 수많은 사건과 업무들에 치여 항상 힘들어 보인다. 그래서 누군가는 무정한 공무원이라고 할지 모르지만 사실 진심을 다해 남윤호 사건을 열심히 팠다. 마음속 깊은 곳에 정과 연민이 가득하기 때문이다.

상명하복에 충실하지만, 흔히 말하는 권력욕이나 출세욕이 있는 것은 아니다. 까라면 까는 게 조직 생활이니까.. 꿈꾸는 열혈 형사는 이상일 뿐, 자기가 몸담은 곳은 현실이니까.. 책임감을 가지고 조직에 최선을 다하는 충실한 순응자일 뿐이다. 마음 가는 대로 꿈만 꾸며 살 수 없는 우리들 모습과 똑같다.

이런 김중민이기에 재수사를 해달라며 찾아온 황순규를 내칠 수밖에 없다. 형사가 한 개인의 청만 계속 들어줄 수 없는 노릇이기 때문에도 그렇지만, 황순규가 이제 그만 아들이 자살했다는 현실을 받아들이길 바라는 마음이 크다. 언제까지 허상만 좇으며 살 수는 없으니까.

그랬던 김중민이 금혁수가 진짜 남윤호를 죽인 범인일지도 모를 단서를 발견한다. 김중민의 머릿속에 처음 떠오르는 건 자신이 부러 매정하게 내쳤던 황순규다.

그날 밤, 금혁수를 쫓던 김중민은 결국 금혁수를 놓치고 황순규도 구하지 못한다.

그리고 4년 후.. 황순규를 구하지 못했다는 죄의식은 김중민으로 하여금 괴물이 되어가는 오택을 인간으로 되돌려야 한다는 동기가 된다.

"저는.. 기사님을 구하려는 겁니다."

오택의 가족

장미림 (오택의 아내)

연애 때는 매력으로 느껴졌던 오택의 순진함이 남편과 가장으로서 문제를 일으키기 시작하더니 급기야 빚쟁이들이 아이들까지 괴롭히는 지경에 이르자 결국 이혼했다. 오택이 구치소 수감 생활을 하는 동안 아이들과 고향 안동에서 꽈배기집을 하며 가정을 꾸려온 미림은 여전히 현실감 없는 오택이 밉긴

하지만 홀로 서울에서 택시운전을 하며 착실히 빚을 갚아가는 오택의 모습에 조금씩 마음이 누그러지는 중이다.

등록금 문제로 승미와 이야기하러 서울 왔다가 파주에서 끔찍한 경험을 하는 장미림은 더 이상 살아도 산목숨이 아니게 된다.

오승미 (오택의 큰딸)

동업 사기를 당한 오택 때문에 미술에 대한 꿈을 접고 안동으로 내려갔던 아픔이 있다. 대학에 진학하며 다시 서울로 올라왔지만, 오택의 바람과 달리 따로 살며 살갑게 대하지 않는다. 그래서 오택은 승미가 자기를 미워한다고 생각하지만, 사실 승미는 아빠를 원망했던 자신의 과거가 미안해서 다가가지 못하는 것이다. 오택을 닮아 공감 능력이 큰 승미는 남의 일에 관심이 많고 뭐든지 도우려 애쓰는 편인데, 그런 승미의 성격이 의도치 않게 비극의 시작점이 된다.

오승현 (오택의 아들)

오택의 해맑은 면을 닮았다. 승미와 달리 철없던 초등학생 때 안동으로 내려가서 아빠에 대한 나쁜 감정이나 힘들었던 과거에 대한 원망 같은 것도 없다. 현재는 고등학교 1학년. 돈 벌어서 엄마 돕겠다는 철딱서니 없는 생각에 엄마가 누나 등록금으로 어렵게 마련한 4백만 원을 온라인 도박으로 몽땅 날려먹은 장본인. 오택이 금혁수의 묵포행 제안을 받아들이게 만드는 데 일조한다.

그리고 4년 후.. 마음속 죄의식을 이해하고 위로해준 고채리와 자연스럽게 연인이 된 오승현은 잘 사는 게 최고의 복수라는 김중민의 말처럼 현실을 살아내기 위해 노력한다. 지금의 오승현을 가장 힘들게 하는 건 실체 없는 살인범에게 집착하며 변해가는 아빠를 지켜보는 일이다. 이대로 가다간 아빠까지 잃을 것 같은 두려움이 엄습한다.

오택의 주변 인물

고주환 (오택의 친구)

사람 말 잘 믿는 오택을 물가에 내놓은 애처럼 언제나 걱정하고 챙기는 오택의 죽마고우. 동업 사기를 당한 후 갈 곳 없던 오택을 자기가 정비팀장으로 있는 택시회사에 소개해 취업시켜주었다. 오택이 살면서 만난 사람 중 유일하게 오택을 이용해먹지 않은 좋은 사람으로 오택이 슬플 때나 기쁠 때나 묵묵히 함께한다.

그날 밤 사건 이후 범인을 찾겠다며 길을 나선 오택 대신 주환은 승현이를 아들처럼 보살피고 돌본다.

고채리 (주환의 외동딸)

엄마 아빠 말을 죽어라 듣지 않는 귀여운 반항아.

철없어 보이던 채리였지만 죄의식으로 가득한 승현의 마음을 알고 다독일 줄도 안다. 자책감에 풀 죽은 승현을 리드하며 강력 대시해 사귄 채리는 급기야 혼전 임신으로 결혼을 선포한다.

양기사 (야간조 택시기사)

모두가 같은 조 되기를 싫어하는 비호감의 무뢰한, 목포 조폭 출신, 도박 중독자. 오택만 유일하게 양기사를 편견 없이 대하고 같은 조가 되지만 양기사는 매번 지각에 차내 흡연을 일삼으며 오택을 거짓말로 속여 넘긴다. 겉으론 툴툴거리지만 실은 오택을 큰형처럼 좋아하고 의지한다.

이병민의 주변 인물

윤세나 (이병민의 첫사랑)

이병민를 연극반으로 이끈 뮤즈. 부모에 대한 반항심을 자해로 해소하던 중 이병민을 만나 일탈하며 해방감을 느꼈고, 이병민의 소울메이트가 되었다. 하지만 이내 공천석을 사귀며 이병민에게 큰 배신감을 안기는데..

공천석의 추락 소식이 들려오자 윤세나는 이병민의 짓임을 직감한다. 두려움에 재혼한 엄마가 있는 미국으로 도망친 윤세나. 이름까지 송민선으로 바꾸며 이병민의 악몽에서 벗어나 보려 하지만 자기 때문에 죽은 공천석에 대한 죄책감은 지워지지 않았고, 이병민이 언제 자기를 찾아내 죽일지 모른다는 두려움에 마약까지 손대게 된다.

윤세나는 오늘도 이병민 때문에 하수구 밑바닥이 된 자기 인생에 대한 후회와 괴로움 속에서 살아가고 있다. 그러던 어느 날 오택이 윤세나를 찾아와 이병민에 대해 묻는다. 오택의 복수를 돕는다면 이병민의 그늘에서 벗어날 수 있을지 모른다는 희망이 생긴다.

공천석 (윤세나의 새 남친)

윤세나가 이병민과 헤어진 후 사귄 남자친구. 체육 특기생. 이병민에게 회복하기 힘든 자존심의 상처를 안겨주게 되는데, 그 후 고통과 두려움이 사라지는 슈퍼파워를 얻고 다시 나타난 이병민에 의해 죽음을 맞이한다.

노현지 (이병민의 아내)

4년 후 오택이 찾아낸 이병민의 아내로 임신 중이다. 국제 학교, 명문 법대, 로스쿨 등 명망가 엘리트의 전형적인 코스를 밟은 국제 변호사다. 좋은 집안에서 고생 모르고 자란 탓에 구김살 없이 마냥 밝아 보일 수 있지만, 맺고 끊음이 칼 같은 면이 있다.

금혁수

한국대병원 외과 레지던트. 4년 전 그날 밤 사건의 진범으로 알려져 있다. 모든 증거는 금혁수를 범인으로 가리킨다. 금혁수가 진범이 아님을 아는 사람은 이 세상에 오택이 유일하다. 어디로 사라졌는지 털끝 하나 보이지 않는다.

황순규의 주변 인물

남윤호 (황순규의 아들)

밝고 쾌활하고 따뜻한 인싸 중의 인싸. 항상 주위 사람을 웃게 만드는 에너지를 지녔다. 우연히 출연한 TV 프로그램에서 엄마에 대한 사랑을 드러냈다가 이병민의 타깃이 된다. 총학생회장 후보에 나섰던 윤호는 이병민에 의해 혐오의 대상, 루머의 희생양이 되지만 살기 위해 끝까지 버틴다. 그러나 그림자처럼 따라붙어 죽음을 속삭이는 이병민을 끝내 버티지 못하고 죽음으로 내몰린다.

정이든 (남윤호의 후배)

남윤호와 가장 친하게 지냈던 후배. 바르고 편견이 없다. 윤호의 죽음에 대해 말할 게 있다며 황순규와 만나기로 한 날 새벽, 고시원 화재 사건의 참혹한 현장에서 혼수상태로 발견된다.

백사장 (황순규의 조력자)

프리랜서. 사람 찾아주는 일을 전문으로 한다. 물어물어 자신을 찾아온 황순규의 이야기를 듣고 그녀의 조력자가 된다. 이병민이 귀를 만지며 사라지는 모습이 촬영된 블랙박스 영상을 찾아낸 장본인.

자식 잃은 사람의 심정은 자식 잃어본 사람만이 안다고.. 전직 형사였던 그는 범죄자 잡는 일을 세상 누구보다 잘한다고 자부했으나 십여 년 전 길에서 아들을 잃어버린 후 생사 여부조차 알아내지 못하는 자기 모습에 아이러니를 느끼고 형사를 그만둔 바 있다.

윤호가 자살한 게 아니라는 황순규의 말을 유일하게 믿어줬던 백사장은 4년 후, 금혁수가 진범이 아니라는 오택의 말을 유일하게 믿어주는 조력자가 된다.

서문 경찰서 형사2팀

이지은 형사

30대 중반. 또박또박 맡은 바 임무를 해내며 팀 내 허리 역할을 담당하는 문무 겸비 실력파. 김중민이 금혁수를 잡으러 묵포로 향한 사이, 사라진 승미를 찾아 나선 장미림과 그날 밤 여정을 함께하게 된다.

박성일 형사

30대 초반. 김중민과 팀장 분위기를 잘 맞추는 사회생활 만렙 빠꼼이. 새벽에도 백화점 납품용 고급 과일 선물 세트를 구해올 수 있는 마당발. 김중민과 함께 금혁수를 쫓아 묵포로 향한다.

최준호 형사

20대. 우직한 막내. 형사2팀에서 김중민과 박형사가 일단 뛰는 행동가 스타일이라면 이형사와 최형사는 데스크잡 먼저 움직이는 지능캐다. 하지만 뛰어야 할 땐 뛰는 젊은 형사로 승미의 실종을 알고 파주로 달려가 수색 작전을 진두지휘한다.

4년 후.. 서문 경찰서 형사2팀 형사들은 여전히 과중한 업무에 시달리고 있다. 며칠 동안 집에 가지도 못했지만 아빠가 사람을 죽일 것 같다는 오승현의 전화가 걸려오자 마치 자기 가족 일인 양 또다시 움직인다. 금혁수의 얼굴을 기억조차 못하는 오택이 만약 애먼 사람을 금혁수로 오인해 죽이고 살인자가 된다면.. 4년 전 금혁수를 놓치고 황순규를 구하지 못했던 형사2팀 형사들은 자신들을 절대로 용서할 수 없을 것 같기 때문이다.

용어 정리

#	장면Scene. 같은 장소와 시간 안에서 이루어지는 일련의 행동이나 대사가 한 '신'을 구성한다.
D	낮Day.
N	밤Night.
E	효과음Effect. 보통 등장인물은 보이지 않고 소리만 나는 경우에 쓰인다.
F	필터Filter. 전화를 통해 들리는 소리.
POV	시점Point Of View. 특정 인물의 시점에서 보여지는 장면.
SLOW MOTION	슬로 모션. 긴장 효과를 주기 위해 영상을 느리게 처리하는 기법.
TIME LAPSE	타임 랩스(미속 촬영). 시간을 건너뛰면서 일련의 진행 과정을 촬영하는 기법.
INS.	인서트Insert. 특정 동작이나 상황을 강조하기 위해 삽입된 화면. 인서트가 없어도 장면을 이해하는 데 큰 지장은 없지만, 인서트가 들어가면 상황이 명확해지고 스토리가 강조된다.
플래시백	화면과 화면 사이에 들어가는 순간적인 장면. 주로 회상을 나타낼 때 쓰이며, 사건의 인과나 인물의 성격을 설명하기 위해 쓰이기도 한다.
CUT TO	같은 장소에서의 시간 경과를 표현하기 위해 장면을 끊어서 표현하는 기법

몽타주	따로따로 편집된 장면들을 짧게 끊어 붙여서 하나의 긴 밀하고 새로운 장면을 만드는 기법.
DISSOLVE TO	앞뒤 장면을 겹쳐가며 화면을 전환시키는 기법.
CUT TO BLACK	검정색 화면으로 장면 전환.
FADE IN	화면이 차츰 밝아지는 효과.
FADE OUT	화면이 차츰 어두워지는 효과.
CU	일부분을 집중적으로 확대해서 보여주는 기법.

7화

불행은 이유를 묻지 않는다

1. (과거) 화훼농원 / D

황순규, 농원 한쪽 구석 테이블에 막된장과 풋고추, 김치 따위와 찬물에 만 밥을 가져다 놓고 밥 한술에 된장 찍은 풋고추를 아그작 씹으며 TV를 보는데.. TV에 아들 남윤호가 나온다!

남윤호 진짜 최고예요! 저희 학교 학생들은 모두 이 집 단골입니다!

놀란 토끼 눈이 된 황순규.

황순규 (씹던 풋고추 맛 뒤늦게 느끼고) 아우 매워~! 켁- 켁-

물을 벌컥벌컥 마시고, 쓰읍, 후, 매운 기를 가시려 숨 들이켜다 TV 다시 보면..

리포터 (남윤호에게) 이 맛있는 음식. 딱 한 사람한테만 추천한다면?

남윤호 저 서울 보내놓고 혼자 고생하시는 엄마랑 같이 먹고 싶습니다. 엄마 사랑해! 자주 못 가서 미안~ 내 맘 알지? (손하트 뿅뿅-)

황순규, 고추 때문인지 아들 때문인지 괜스레 눈물이 고이는데.. **딸랑**- 문 여는 소리,

황순규 (창피한 듯 후다닥 눈물 닦고) 어서 오세요.

보면.. 달려온 듯 숨 고르는 남윤호다.

황순규 아들. 갑자기 웬일이야?

남윤호 (TV 보고) 에이! 늦었네. (TV에 나왔던 맛집의 포장 음식 들어 보이

며) 이거 엄마랑 같이 먹으려고.

황순규 (절로 미소가 지어진다)

남윤호 (엄마 밥상을 보고) 내가 이럴 줄 알았다니까. 반찬이 이게 뭐야? (풋고추 집으며) 맨날 이런 거만 먹으면 안 돼 엄마.

황순규 (윤호가 고추를 막된장에 푹 찍는 걸 보고) 그거 매운데-

남윤호 (입에 넣자마자) 아우 매워!! 켁켁- 엄마! 물~!!

남윤호, 황순규가 건넨 물 벌컥벌컥 마시다 엄마와 시선 마주치자 어이없는 듯 웃음 터진다. 아들의 웃음 전이된 듯 행복하게 웃는 황순규의 모습 위로..

7화
불행은 이유를 묻지 않는다

2. 서해안, 이름 없는 방파제 / N

드디어 아들을 죽인 범인을 앞에 둔 황순규, 만감이 교차하며 놈의 이름을 외친다.

황순규 금혁수!!!!!!!!!!!!!!!!!!!!!!!!!!!!!!!!!

황순규 앞에.. 캐리어를 덮다가 멈추는 금혁수의 뒷모습..
황순규는 총을 겨눈 채 금혁수에게 다가가고..
금혁수는 황순규 몰래 캐리어에 던졌던 손경사 리볼버를 다시 손에 쥐는데..
바닥에 버렸던 총알들이 눈에 들어오고.. 아차 싶은 금혁수의 미간이 찌푸려진다.

황순규 꼼짝 마!!!!!!!!

금혁수, 리볼버를 그대로 캐리어에 내버려둔 채 서서히 일어나 돌아보고..
황순규는 드러나는 금혁수의 얼굴을 보고 놀란다!!

황순규 너.. 누구야?!!!

3. 이름 없는 방파제를 향하는 도로 / N

해안 도로를 달리고 있는 김중민의 차 조수석에 놓여 있는 금혁수 파일 속 증명사진은 오늘 밤 오택과 함께한, 지금 황순규 앞에 선 그놈의 얼굴이 아니다!!!

4. 서해안, 이름 없는 방파제 / N

이 상황이 너무 혼란스러워 흔들리는 황순규의 총구 앞..
속을 알 수 없는 미소를 지어 보이는 지금껏 '금혁수'로 알고 봐온 남자(이하 **범인**).

황순규 너.. 뭐야?
범인 ......저요?
황순규 누구냐고?!!
범인 그쪽은.. 누구신데요?

황순규 금혁수 어딨어..?!

범인 무슨 소린지 모르겠는데..

황순규는 혼란스러운 마음을 다잡으려는 듯 총을 더 세게 잡으며 범인을 노려본다.

황순규 니가 누군지 말해!!!!

범인 (여전히 속을 알 수 없는 미소만) ...

황순규의 턱에선 땀이 뚝뚝- 떨어지고..

어디선가 바람이 불어온다. 팔락이는 검은 봉지..

그러자 황순규의 시선은 문득 검은 봉지로 향하고..

???

자세히 보기 위해 총구를 범인 쪽으로 유지한 채 검은 봉지 쪽으로 한 걸음.

그 안에 든 걸 보는데.. 처음에는 인지하지 못하다가.. 어느 순간 깨닫고!!!!

SLOW MOTION

황순규, 범인 쪽으로 고개 돌리면..

쓰읍.. 귀를 만지는 범인..

INS.

남윤호 생일파티 동영상 속 귀를 만지는 범인!!

황순규 (다시 총구 올려 세우며) 꼼짝 마!!!

범인 (귀에서 손 떼며 공격 의사는 없다는 듯 손바닥 보여준다)

황순규 너지.. 너야!

범인 내가 누군데?

황순규 내 아들 죽인 놈.

범인 .....그 마마보이 엄마?

황순규 (범인의 말에.. 표정 구겨진다) 넌 절대 여기 못 벗어나. 절대로!!

범인 뭘 못 벗어나? 저기 배 왔는데.

범인, 말하며 시선을 돌리면-
황순규, 무의식중에 범인의 시선 따라 고개 돌려 다가오는 픽업 보트를 발견한다!

그 순간의 틈을 노리고.. 황순규의 총을 뺏으려 확 잡아채는 범인.
황순규는 지지 않고 총 꽉 쥔 채 범인에게 발포! **탕**---
하지만 범인이 힘주고 뒤튼 총구에 총알은 빗나가고.... 황순규 뒤로 넘어지면...

총을 뺏으려는 범인이 달려들며 뒤엉킨 황순규는 사력을 다해 버틴다.
범인을 밀어내려 안간힘을 써보지만, 고통을 모르는 범인은 강력하고..
총을 사이에 둔 황순규와 범인의 힘겨루기가 이어지던 순간...
탕----------
발포음과 함께... 두 사람 사이에서 총이 날아가버린다.
황순규와 범인의 표정이 보이지만.. 총성의 결과는 알 수가 없고..

범인이 황순규에게서 비틀거리며 몸을 일으킨다. 비틀비틀..
바닥의 황순규는 매섭게 놈을 노려본다.

범인 이럴 줄 알았어..

범인은 손바닥으로 자신의 머리를 팡팡 치더니 다시 균형을 잡고 보면..
황순규의 복부에서 피가 쿨럭- 쿨럭- 나오고 있다. 총을 맞은 쪽은 황순규..

범인은 황순규 앞에 쪼그려 앉는다.
그리고 손가락을 총상 상처에 가져가는 범인..
손가락이 상처를 휘젓는 끔찍한 소리가 들려오면..
우우웁!!! 황순규는 고통 속에서 범인을 노려본다.

범인 궁금해.. 어떤 느낌일까..
황순규 (눈에 실핏줄이 터지도록 노려보며) 우으으으읍!!!!
범인 (손가락을 빼고 피를 황순규 옷에 닦으며) 잘 가요. 아줌마.

몸을 일으킨 범인은 승미 머리가 담긴 비닐봉지와 금혁수의 캐리어를 슬쩍 보더니 그대로 남겨둔 채 방파제 경사로로 향한다.
때마침 도착한 픽업 보트가 경사로에 올라서자.. 보트에 올라타는 범인..
황순규는 내상이 심한 듯 입에서 검은 피를 토하며 범인을 노려보지만..
부앙- 픽업 보트는 출발하고..

질주하는 픽업 보트 위의 범인은 육지 쪽을 보다가 먼바다를 향해 고개를 돌린다.

5. 이름 없는 방파제를 향하는 도로 / N

속력을 높이는 선두의 김중민 차와 뒤이어 달리는 경찰차들..

6. 서해안, 이름 없는 방파제 / N

분노와 울분이 쌓인.. 목메어 우는 듯한 황순규의 낮은 신음이 터져 나온다.

으으으으으---

하지만 아무것도 할 수 없는 황순규는 얼굴을 구기며 눈만 껌뻑일 뿐,

그런 황순규의 시선에..

방파제 경사로. 밀물에 밀려온 오택이 걸쳐 있는 게 보인다.

정신을 잃은 채 엎어져 있는 오택의 얼굴엔 파도가 출렁일 때마다 물이 들이닥치고..

황순규는 또다시 눈을 껌뻑이다가 이를 악물고 힘을 내 몸을 움직이기 시작한다.

경사로를 향해 온 힘으로 기어가는 황순규.. 그녀가 지나간 자리엔 핏자국이 남고.. 숨쉬기도 힘들고.. 피는 계속 흐르고.. 시야마저 뿌옇게 흐려지지만.. 결코 포기하지 않는 황순규는 몸을 움직이고.. 또 움직여.. 오택 가까이 다다른다.

출렁이는 파도에 잠기는 오택의 입과 코..

황순규는 팔을 뻗어 경사로의 오택을 위로 끌어올리려 노력하지만 힘이 부족하다.

황순규 으으으윽--

스윽- 조금 움직이는 오택의 몸.. 다시 한 번, 힘주는 황순규.

오택의 몸이 또 한 번 스윽- 조금 더 위로 올려지면,

오택의 머리는 겨우 밀려오는 파도의 공격에서 벗어난 상태가 되고..

그제야 오택의 옷깃을 잡았던 손을 푸는 황순규.

하늘을 바라보며 탈진한 몸을 눕힌다.

하아.. 하아.. 하아..

황순규의 시선이 허공을 향하고..

INS.

환하게 웃는 남윤호의 얼굴이 아주 잠깐 스친다.

황순규 (정신 돌아오며) 오기사님.. 만약에요.. 만약에.. 후.. 제가 죽고.. 오기사님이 살면요..

겨우 숨만 붙어 있는 오택은 아무 반응이 없고..

황순규 그놈이.. 꼭.. 죗값 치르게 해주세요.. 부탁..드립니다..

혼절 상태의 오택은 황순규의 말에 어렴풋이 반응하는데..
황순규는.. 보지 못한다.

점점 눈이 감겨오는 황순규.. 허공을 향해 손을 뻗으면,

INS.

(#1 연결) 겨우 매운 기운이 가신 남윤호가 휴~ 땀을 닦는다. 땀에 젖어 흐트러진 아들의 앞머리에 황순규의 손이 다가가고..

(현재) 눈을 뜨고 있지만 정신은 이미 다른 곳에 가 있는 황순규가 아들의 앞머리를 만져주듯 허공에서 손을 움직이면..

INS.

남윤호의 흐트러진 앞머리를 황순규의 손이 정리해준다. 마주 보고 환하게 웃는 남윤호.. 햇살처럼 빛나는 미소가 아름답다..

(현재) 황순규의 입꼬리가 스륵 올라가고.. 마지막 생명의 기운이 빠져나간다..

SLOW MOTION

달려온 김중민의 차가 끼익- 서고..

김중민이 차에서 내려 방파제를 향해 달린다.

김중민의 시선에 경사로에 걸쳐 반쯤 물에 잠긴 오택과 황순규가 보이고...

김중민, 오택과 황순규를 양팔로 붙잡고 물 밖으로 끌어올리려다 미끄러진다.

다시 김중민은 **으아!!** 힘을 모아 두 사람을 물 밖으로 끄집어내면..

주르륵- 황순규의 벌어진 상처에서 핏물이 흐르고..

김중민, 상처를 힘주어 누르며-

김중민 안 돼!! 안 돼-!!! 눈 좀 떠봐요!! 눈 좀 뜨라고!! 윤호어머니!!!

그때 경찰차와 앰뷸런스들이 도착하고-

김중민 여기!! 지혈해야 돼!!! 지혈대 가져와!!! 빨리!!!!!

달려온 구조대원들이 김중민을 떼어낸다.

구조대원 비키세요! 저희가 하겠습니다!!

구조대원에게 자리를 내어주는 김중민..

구조대원들이 오택과 황순규에게 붙어 CPR과 지혈을 동시에 진행하고,

김중민은 반응 없는 황순규와 오택을 번갈아 보며 괴로워한다.

사라진 '금혁수'에게 화가 나 바다 쪽을 보지만..

이미 범인이 사라져버린 바다는 애꿎은 파도만 철썩.. 철썩..

CUT TO

혼수상태인 오택이 생명 유지 장치의 도움을 받으며 앰뷸런스에 실린다.

다른 침상의 황순규는.. 바디백에 담기고, 구급대가 천천히 지퍼를 올린다. 그 모습을 지켜보는 김중민.. 하늘을 올려다본다.

김중민 씨발..

FADE OUT

7. 몽타주

– 묵포 병원. 오택이 앰뷸런스에서 간이침대로 옮겨지고, 의료진들이 다급하게 오택의 침상을 옮긴다. 오택은 의식이 없고..

– 파주. 사료 공장. 과학 수사대가 조사를 진행하는 가운데.. 핏자국들에 표식표를 놓던 이형사, 구석에 우두커니 앉아 있는 장미림이 그대로 쓰러지자 놀라 달려간다.

– 묵포 병원으로 달려 들어온 고주환. 빠르게 복도를 걷는데, 문득 환자 대기실에 달려 있는 TV를 보고 멈춰 선다. '**〔속보〕 7명 살해 후 묵포서 밀항한 A씨, 체포 실패**'

– 중고 가전 매장. 감정이 드러나지 않는 표정의 백사장이 TV에 나오는 뉴스를 본다.

– 묵포 병원. 수술실 앞. '수술중' 표시등에 불이 들어와 있고.. 안절부절 기다리는 고주환이 보인다.

– 서울. 병원. 병실. 해가 저문 풍경이 창밖으로 보이고.. 진정제를 투약 받고 잠든 장미림. 옆에선 주환의 아내가 장미림을 살피고 있다. 오승현도 어쩔 줄 몰라 하며 앉아 있는데.. 주환아내가 주환의 전화를 조용히 받는다. **"수술은? 아직도?"** 좋지 않은 분위기를 느낀 승현은 불안해지고.. 조용히 일어나 병실 밖으로 나간다.

– 서울. 병원 휴게실. 병실을 나온 오승현이 휴게실 구석 자리에 앉는다. 음소거된 TV 뉴스에 보이는 헤드라인. **'A씨 동행 택시기사 B씨 현재 위중한 상태'** 오승현은 어깨를 들썩이며 숨죽인 채 오열하고.. 잠시 후 보호자 한 명이 리모콘으로 TV 채널을 돌리면, 로또 추첨 방송이 나온다. 볼륨이 높여지고..

남성진행자E 이제 세 번째 행운의 볼입니다. 23번.

여성진행자E 자 네 번째 숫자는 몇 번일까요? 행운의 네 번째 숫자는?

– 오택의 어둑한 고시원 방 안.. 조그만 거울 옆에 붙어 있는 코팅된 그림. 화가를 꿈꾸던 중학생 승미가 그린 아빠 오택의 그림 밑에 '아빠에게_승미가'라고 적혀 있고.. 그림 옆에 어제 아침 오택이 돼지꿈을 꾸고 샀던 로또가 붙어 있다. 로또 번호는 4, 12, 23, 32, 34, 44. 그 위로 진행자 목소리 들린다.

여성진행자E 제907회 로또 당첨 번호입니다. 34번, 4번, 23번, 44번, 32번, 12번이구요. 2등 보너스 볼 당첨 번호는.......

DISSOLVE TO

– 뉴스 화면

앵커 단독 보도입니다. 저희가 입수한 연쇄 살인마 A씨의 정체를 지금 밝히겠습니다. 연쇄 살인마 A씨는 바로 서울 모 대학병원 외과 레지던트 '금혁수'입니다. 희대의 살인마 금혁수의 얼굴, 지금 공개합니다.

– 병원, 오택의 병실. TV에 '금혁수' 얼굴이 공개되고 있고.. 창가 쪽 침상의 혼수상태인 오택은 미동이 없다. 오택 침상 옆 보호자 의자에 앉아 하염없이 창밖만 바라보고 있는 장미림.. 오승현은 오택의 미동 없는 손을 주무르며 깊은 한숨을 내쉰다.

– 오택의 고시원 방. 고주환이 박스에 오택의 짐을 담는다. 홀아비의 단출한 살림살이와 옷가지들을 하나씩 박스에 넣는 고주환의 표정이 무겁다. 오택의 짐을 담는 중인 고주환의 옆으로 벽에 걸린 작은 거울 옆.. 승미가 그려준 코팅된 그림과 함께 붙어 있는 로또가 화면에 담긴다. 고주환은 로또의 존재를 알지 못한 채 계속 짐 싸는 데 여념이 없고...

– 봉안당. 남윤호의 유골함.. 그리고 그 옆에 함께 안치되어 있는 황순규의 유골함..

앵커E 경찰이 현재까지 연쇄 살인범 금혁수 행적의 실마리조차 찾지 못하고 있는 가운데, 당초 피해자 가족의 사전 제보가 있었으나 무시했다는 정황이 드러나며 비난 여론은 더욱 거세지고 있습니다.

– 서문 경찰서, 브리핑 룸. 언론사 기자들의 카메라가 번쩍이는 가운데 단상 위의 서문서장과 그 뒤로 서 있는 형사2팀장, 착잡한 표정의 김중민이 보인다.

서문서장 국민 여러분께 진심으로 사죄드리며 근 시일 내로 반드시 금혁수를 검거할 것을 약속드립니다. 죄송합니다. (90도 사죄의 인사)

– 서울 경찰청, 징계위원회. 긴 테이블에 경찰 제복을 입은 사람들이 앉아 있고, 그 앞에는 '징계위원장', '징계위원'이라고 적힌 팻말들이 놓여 있다. 김중민이 뚜벅뚜벅 걸어와 건너편, '피징계자' 팻말 자리에 앉는다. **하...** 깊은 숨을 내쉬면..

FADE OUT

8. 승미 원룸 / D

승미의 물건들은 그대로 남아 있지만.. 사람 사는 흔적이 없이 깔끔하게 정돈된 모습에서 이질감이 느껴지는 고요한 원룸.
한쪽 구석, 장미림이 눈을 감은 채 미동도 없이 누워 있다.

오승미E 어? 눈 온다!

시체처럼 보였던 장미림이 천천히 눈을 뜨고 몸 일으키면..
창밖으로 내리는 첫눈을 보는 오승미 보인다.
현실과 환상을 구분하지 못하는 듯 장미림은 놀라지도 않고 물끄러미 보는데..

오승미 (돌아서며) 엄마! 나가자! 일어나 얼른!

장미림은 그저 오승미를 따라 일어서고.. 외투를 입고 나서는데..

오승미, 자기 목도리를 가져와 장미림에게 둘둘둘 말아준다.

장미림 너 해. 춥잖아.

오승미 아냐. 엄마가 해. 맨날 기관지 약하다고 기침하면서. (목도리 한 엄마 보곤) 엄청 잘 어울리네. (현관 거울 쪽으로 이끌며) 봐봐. 예쁘지?

장미림, 웃으며 거울을 바라보면..
옆에 서 있던 오승미는 보이지 않는다.
거울엔 목도리를 둘러맨 어둡고 퀭한 표정의 장미림만 보이고..
장미림은 현실을 받아들이려는 듯 가만히 있는다.

천천히.. 목도리를 풀어내는 장미림..
첫눈 내리는 바깥이 보이는 창문으로 다가가 드르륵 창문을 열고..
창밖으로 손을 뻗으면.. 살랑거리며 손바닥에 내려앉는 눈꽃..
잠시.. 하늘에서 떨어지는 눈송이를 바라보다가..
창문틀로 올라가.. 그대로 뛰어내린다.
쿵- 소리와 함께 사람들의 비명- **끼야악**--

9. 병원, 오택의 병실 / D

병상에 누워 있던 오택이... 천천히 눈을 뜬다.
창밖으로 보이는 풍경엔 눈이 쌓여 있다..

FADE OUT

10. 병원, 입원실 앞 복도 / D

FADE IN

뚜벅뚜벅 병실 복도를 걸어오는 김중민..

물병을 들고 병실 밖으로 나오던 고주환이 김중민을 발견한다.

고주환 오셨어요.

김중민 (목례하며) 예.

김중민, 심호흡하고 안으로 들어가면..

11. 병원, 오택의 병실 / D

침상에 앉아 창밖을 보고 있는 오택.. 감정을 모두 소진해버린 듯.. 공허한 눈빛..

김중민은 천천히 침대 옆으로 다가간다.

김중민 기사님. 저 기억하시겠습니까?

오택, 천천히 고개 돌려 김중민을 본다. 말은 없지만 알아보는 눈빛..

김중민 면목 없지만.. 그날 금혁수는 놓쳤습니다. 그놈 태운 밀항선이 중국 청도로 향했다는 정보를 얻어서 계속 조사 중이긴 한데.. 아직 뚜렷한 성과는 없고요.

오택 ....

김중민 혹시라도 추적에 도움될 만한 정보를 얻을까 싶어서 이렇게 염치

불구하고 찾아왔습니다.

오택은 김중민의 말에 별다른 반응을 보이지 않는다. 여전히 텅 빈 표정..
김중민은 주저하다 가방에서 사건 파일을 꺼내 펼친다.

김중민 금혁수가 밀항 후의 계획에 대해서 기사님께 말한 건 없었을까요? 꼭 구체적인 내용이 아니어도 좋습니다. 뭐라도 기억나는 걸 말씀해주시면....

고주환이 다가와 김중민에게 음료를 건넨다.

김중민 아 예. 감사합니다.

김중민, 음료 받고 다시 오택 쪽으로 고개 돌리는데.. 오택의 표정이 이상하다.
펼쳐져 있는 사건 파일 속 '금혁수'의 사진을 뚫어져라 보고 있는 오택.

김중민 오기사님..?
오택 ('금혁수' 사진 가리키며) 이게... 누굽니까?
김중민 금혁수..잖아요..?
오택 금혁수...? 이놈이 금혁수라고요? (혼란스러워) 이놈이요..?
고주환 택아?
오택 아니야... 내 택시에 탄 놈은... 그놈은...

INS.
(1화, #26) 화월동에 그놈을 내려주고 돌아가려던 오택이 **똑똑-** 노크 소리에 조수석 창문을 내리면, 서서히 드러나는 범인의 얼굴이 뿌옇게 뭉개져 보인다.

(현재) 당혹스럽고 혼란스러운 오택은 머리를 절레절레 흔들고..

INS.

(1화, #26) 뿌연 범인 얼굴이 말한다. **"저기요 기사님. 저랑 목포 안 가실래요?"**

(현재) 주환이 오택을 다독이면, 오택은 발작하듯 주환을 붙잡는다.

오택 기.. 기억이 안 나.. 그놈 얼굴이 안 보여...!!!

12. 병원, 진료실 / D

담당의사가 뇌 MRI 사진을 띄워놓은 채 휠체어의 오택에게 설명한다.

담당의사 아무래도 뇌염 후유증이 남은 것 같습니다. 그런 큰일을 겪으셨으니 외상 후 스트레스 장애도 당연히 있으실 테고요.

답답한 오택, 수첩을 꺼내 펼쳐 보인다. **'고속버스 탔다가 사고를 크게 당해서 버스를 못 탐.' '편도체에 심한 손상. 두려움이 없음.' '고통을 못 느낌.' '고등학교 시절 연극반.' '첫사랑 윤세나...'** 등등 범인에 대해 빼곡히 적혀 있다.

오택 선생님. 저, 정말 다 기억합니다. 근데.. 그놈 얼굴만 기억이 안 나요. 이게 말이 됩니까?

담당의사 일단은 정신건강의학과 진료 받으면서 차도를 지켜보시죠. 지금으로선 딱히 다른 방법은 없을 것 같습니다.

13. 병원, 휴게실 + 외부 발코니 / D

낮 시간 한적한 휴게실에 휠체어 탄 오택과 김중민이 마주 앉아 대화 중이다.

오택 제가 직접 겪은 사람입니다. 밤새 그놈 태우고 목포까지 갔던 제가 아니라는데 어떻게 금혁수가 범인입니까?

김중민 목포 가는 동안 사용한 살해 도구들.. 살인 현장에서 발견된 증거들이 그렇습니다.

오택 노숙자들은요? 그것도 확인해보셨어요?

김중민 과거 사건 현장에서 발견됐던 반창고 혈흔이 금혁수 DNA하고 일치하는 것으로 나왔습니다.

오택 아니라고요!! 금혁수가! (김중민에게 수첩 들이대며) 금혁수한테 고등학교 때 윤세나라는 첫사랑이 있었습니까?! 체육 특기생을 옥상에서 떨어뜨려서 죽인 적은요?! 운전! 그놈은 운전을 못해요! 금혁수도 운전 못한답니까?! 그것도 확인해보셨어요?!

김중민 확인..해보겠지만.. 아셔야 할 게.. 사이코패스들은 원래 거짓말에 능수능란합니다. 그놈이 했던 말 다 믿으시면-

오택 제 말.. 안 믿으시는 거네요?

김중민 (말하기 껄끄러워하다가) 의사 선생님한테 들었습니다.

오택 ......

김중민 기억에 문제가 있으시다구요..

오택 ......

김중민 오기사님.. 범인은 금혁수가 맞습니다.

오택 형사님.. 진짜 아니에요.. 제발.. 한 번만.. 믿어주세요..

간절하게 매달리는 오택의 모습에서 김중민, 문득 황순규를 떠올린다.

INS.

(1화, #31) 김중민 옷소매를 붙잡고 부탁하던 황순규. **"믿어주세요."**

김중민 (표정 감추고) 죄송합니다. 잠시만요.

김중민, 일어나 휴게실과 연결된 외부 발코니로 나간다.
황순규에 대한 기억이 떠오르자 괴로운 듯 심호흡 길게 하는데..

휴게실. 홀로 남겨진 오택은 자신의 처지가 서럽고 답답해 한숨을 내쉰다.
머리가 아픈 듯 이마를 만지는 오택, 휠체어 파우치의 진통제 통을 찾는다.
진통제 한 알을 꺼내고 정수기 쪽으로 휠체어를 돌리는데-
복도의 중문, 우윳빛 간유리 너머로 이쪽을 보고 있는 것 같은 남자의 실루엣!

INS.

(2화, #50) 짙은 안개 속에 뿌옇게 보이는 범인!

오택, 범인의 실루엣을 보고 얼어붙는데.. 간유리 너머 실루엣이 슥 사라진다.
휠체어에서 몸을 일으키다가 안 되자 휠체어를 밀어 중문 쪽으로 향하는 오택.

14. 병원, 복도 + 휴게실 / D

휠체어 타고 복도로 나온 오택은 두리번거리다 코너를 돌아 슥 사라지는 실루엣을 발견하고, 방향 꺾어 그쪽으로-

외부 발코니에서 다시 휴게실로 들어온 김중민은 오택이 보이지 않자...??

오택, 멀어지는 남자를 향해 악착같은 의지로 휠체어를 급히 모는데..
병실에서 나오던 보호자와 부딪히며 휠체어에서 떨어진다.
어이쿠- 보호자도 바닥으로 넘어지며 손에 들고 있던 검은 비닐봉지가 바닥에 털썩-
급하게 몸을 일으키던 오택은 검은 비닐봉지를 보고 멈칫한다!

INS.
(6화, #71) 방파제에서 봤던 검은 비닐봉지(승미 머리가 담긴).

삐.... 이명과 함께 극심한 두통이 찾아와 머리를 부여잡고 괴로워하는 오택.
두통과 현기증으로 힘들어하는 오택에게.. 실루엣의 남자가 다가온다.

남자E 괜찮으세요?

오택, 고개 들어 남자를 보면.. 왜곡된 시야로 남자의 얼굴은 뿌옇게 보이고!

김중민, 복도로 나와 오택을 찾는데, **띵**- 엘리베이터 문 열리며 오승현 등장.
오승현은 수상한 표정의 김중민을 보고 불길한 상황을 직감하는데...
멀리서 들려오는 비명 소리! 김중민과 오승현, 달려가면..

오택이 다짜고짜 모르는 남자 위에 올라타 죽일 듯 목을 조르며 소리치고 있다.

오택 너지?!! 니가 내 딸 죽였지!!!!

달려온 김중민이 오택을 잡아채듯 떼어내며 함께 뒤로 넘어진다.

김중민 오기사님!

오택 (버둥거리며) 내 택시에 탄 거 너잖아!!

오승현 (달려와 오택 붙잡고) 아빠! 왜 이래?

오택 승현아! 저놈이야! 저놈이 승미 죽이고 니 엄마도 죽게 했어!!

김중민 오기사님! 정신 차리세요!

오택 금혁수가 아니라 저놈이라고! 저놈이라니까!!!

15. 병원, 외부 벤치 / D

고개를 푹- 숙인 채 앉아 있는 오승현 옆으로 김중민이 다가와 앉는다.

김중민 얘기 잘됐어. 상황 설명드렸더니 다행히 이해해주셔서.

오승현 ......

김중민 많이 놀랐지?

오승현 (울먹) 다 저 때문이에요.. 저만 아니었으면.. 제가.. 제가.. 누나 등록금을 몽땅 잃어버려서..

김중민 ...승현아 잘 들어. 죄책감은 금혁수 그놈이 가져야 하는 거야. 그 다음엔 금혁수 못 잡은 내가 가져야 하는 거고. 절대 너는 아냐. 알았지?

오승현 ...

김중민 (다시 한 번) 알았지?

오승현 (기어들어가는 목소리) 네..

눈 빨건 오승현을 보는 김중민.. 마음이 아프다.

16. 병원, 오택의 병실 / N

휠체어에 앉아 멍하니 창밖을 보고 있는 오택.
고주환이 조용히 병실로 들어와 오택을 살피며 곁에 앉는다.

고주환 택아, 나 할 얘기 있어.

고주환, 지갑에 넣어두었던 오택의 1등 로또 용지를 꺼내 건넨다.
로또는 혹시 닳을까 작은 지퍼백에 고이 담겨 있고..

고주환 고시원 짐 빼다 찾았다. 번호 맞춰봤더니.. 1등이더라.

오택 (설마)...

고주환 사는 게 뭐 이러냐.. 위에 계신 양반도 줄 거면 좀 일찍 주던가 하시지.. 참..

오택, 당혹스러운 표정으로 로또를 보면..

고주환 택아. 병원 나가면 이걸로 빚 다 갚고 승현이 잘 키우자. 승현이 대학도 보내주고.. 나중에 장가갈 때 남들처럼 아파트도 한 채 사주고. 그러자 택아.

오택 (로또를 보며 어이없는지 실소가 새어 나오고) 허..

고주환 아직 어린 승현이 생각도 해야지.

오택 ....

고주환 승현이 누나도 엄마도 잃고 너만 남았어.

하하하... 하하하하... 웃기 시작하는 오택.. 웃다가 숨이 막힌 듯 꺽- 꺽-
오택의 웃음은 어느새 흐느낌이 되고.. 통곡으로 바뀌면...

17. 수목 장지 / D

심은 지 얼마 안 된 '미림나무'와 그 옆 '승미나무'가 보인다..
스산한 풍광 속.. 승현이 절을 올리고.. 오택은 지팡이를 짚고 서 있다..

오택 승현아..
오승현 ....
오택 아빠는.. 해야 할 일이 있어.
오승현 알았어..

묵묵히 미림나무와 승미나무를 보며 나란히 선 두 부자의 모습에서..

FADE OUT

⊙

4년 후

18. 고주환의 카센터 / D

평범한 서울 주택가 건물 사이에 위치한 카센터. 정비복 차림의 기능사가 묵묵히 차량을 점검하고 부품을 교체하는 모습이 보인다.

고주환 (등장하며) 점심 먹자!

고개 들어 고주환을 보는 기능사, 시간이 흘러 성숙해진 오승현이다.

CUT TO

카센터 사무실. 고주환과 오승현이 마주 앉아 짜장면과 볶음밥, 군만두를 먹는다.

고주환 홍사장이 이번에 차 고친 거 잘 나간다고 좋아하대~

오승현 진짜요? 그래서 군만두 서비스로 주신 건가?

고주환 보니까 니가 손이 참 빨라. 일머리도 있고. 든든해 아주.

오승현 (웃는다)

고주환 택이한테 자격증 딴 거 얘기했어?

오승현 ....아뇨.

고주환 얘기하지 왜. 좋아할 텐데..

오승현 나중에요.

오승현, 씁쓸하게 웃는데..

고채리E 승현아~ 나 왔어!

사무실 문 열리고, 고채리가 생기발랄한 모습으로 짜잔- 등장한다.

고주환 저게 진짜. 야, 아빠는 안 보이냐?

CUT TO

카센터 마당. 커트보 두르고 의자에 앉아 있는 주환에게 채리가 거울을 보여준다.

고채리 젊어 보이지?

고주환 여기 좀 삐뚠 거 같은데?

고채리	(스펀지로 머리카락 털며) 뭐가 삐뚤어? 예쁘기만 하고만. (커트보 벗기고 환하게 웃으며 승현에게 오라 손짓) 승현아~ 앉아.
고주환	와.. 목소리 톤 바뀌는 것 좀 봐.
고채리	그럼, 딸 모드랑 여친 모드가 똑같애?
오승현	(민망한지 그만하라는 듯) 채리야..
고채리	왜, 뭐? 빨리 앉아.

채리, 오승현의 머리를 공들여 자르기 시작한다.

고주환	오~~ 고채리, 폼 좀 나네~
고채리	샵에서 나 재능 있다고 그랬다니까~
고주환	그래. 보기 좋다.

사랑스런 젊은 커플의 모습을 바라보는 고주환의 얼굴에 흐뭇한 미소가 지어지고..

19. [중국, 청도] 어느 외진 들판, 비포장도로 / D

잡초가 무성한 들판.. 비포장도로를 달리고 있는 낡은 고물차가 보인다.
덜컹덜컹 외진 들판 길을 달리며 운전석의 남자(운전남), 누군가와 통화 중.

운전남	돈 많다고 소문이 아주 파다하다니까. 그래. 지금 데리고 가니까 준비하고들 있어. 어쩌긴 뭘 어째? 손가락 하나 잘라서 한국 보내고 가족들한테 한몫 단단히 뜯어내야지.

하는데.. **쿵- 쿵-**

차 안에서 뭔가를 발로 차는 소리가 들려온다. 운전남은 멈칫-

소리에 집중하면... 또다시 들려오는 소리 **쿵- 쿵- 쿵-** 트렁크 쪽이다!

운전남 쌍. 저 새끼 깼다. (전화 끊고)

끼익, 운전남은 고물차를 길가에 세운 후 차에서 내린다.

전기 충격기를 꺼내 손에 쥔 채 트렁크로 다가가는 운전남.

트렁크는 아까와 달리 고요하다. 운전남은 긴장하며 침을 꼴깍 삼키는데-

다시 시작되는 **쿵- 쿵- 쿵- 쿵- 쿵-**

트렁크 문은 당장이라도 열릴 듯 마구 요동치기 시작하고..

들썩이던 문이 **덜컹-** 열리는 순간, 운전남이 전기 충격기를 내리꽂는데-

콱!!! 트렁크에서 튀어나온 손에 들린 일자 드라이버가 운전남 허벅지를 먼저 찔렀다!

으아악! 운전남이 단말마를 내지르며 뒷걸음질 치면..

트렁크에서 나오며 모습을 드러내는..... 오택.

순진하고 사람 좋던 인상은 사라지고..

형형한 눈빛.. 거친 피부와 헤어스타일.. 묵직한 몸놀림..

모든 게 4년 전과 완전히 달라진 느낌이다.

오택 뒤로 트렁크 안에는 풀린 로프와 뜯어낸 덕트 테이프, 열려 있는 공구 박스에서 튀어나온 공구들이 널려 있는 것이 보이고..

운전남이 아픈 다리를 휘청이며 다시 한 번 전기 충격기를 휘두르려 하자

오택은 그대로 돌진해 운전남을 넘어뜨린다. 전기 충격기는 멀리 날아가버리고..

아전투구 개싸움을 벌이는 두 사람.

힘겨루기 끝에 끝끝내 우위를 점한 오택이 묻는다.

오택 4년 전에 밀항해온 놈 안다며?

운전남 (오택에게서 벗어나려 힘주며) 비켜!

오택 알아 몰라?!

운전남 당연히 모르지! 알겠냐 개호구새꺄?!

오택, 허탈해하며 운전남에게서 떨어진다.
그런 오택의 시선에 들어오는 차 트렁크에 굴러다니는 펜치.
오택이 턱- 펜치를 부여잡고 **"썅! 씨팔!"** 욕지거리를 해대는 운전남에게 다가가면-

운전남 왜.. 왜.. 뭐 하게?

오택, 순식간에 운전남의 오른손 엄지손가락을 꽉! 붙잡고 말한다.

오택 모든 일에는.. 대가가 따르는 거야.

펜치로 운전남의 오른손 엄지손톱을 꽈드득- 뽑아내버리는 오택!

운전남 으아아아아악!!!!!!

20. [중국, 청도] 오택의 숙소 / N

군데군데 상처 가득한 오택이 피곤한 몸을 이끌고 좁고 지저분한 숙소로 들어온다.
사온 약봉지를 옆에 두고 핸드폰을 꺼내 보는 오택.. 고주환에게 온 메시지가 보인다.

고주환E 택아. 소식 궁금해서 보낸다. 승현이는 다행히 정비 일이 잘 맞는지 열심히 하고 있어. 이번에 정비 기능사 자격증도 땄다. 니가 축하해주면 승현이 엄청 좋아할 거야. 한국엔 언제쯤 들어와?

메시지를 보던 오택, 답장을 하려 손을 올렸다가 할 말이 떠오르지 않는 듯..
결국 핸드폰 다시 주머니에 집어넣고, 침대맡에 앉아 사온 약봉지를 펼친다.
홀로 고통을 참으며 상처를 소독하고 반창고를 붙이는 오택..

DISSOLVE TO

어슴푸레 푸른 새벽빛이 도는 시간, 잠든 오택이 악몽을 꾸는 듯 뒤척인다.

INS.
얼굴 흐릿한 범인이 그날 밤 오택에게 했던 말들이 혼란스러운 이미지들로 보여진다. **"보고 싶었거든. 자식 잃은 부모의 낯짝을."**, **"그놈을 잡아다 혀를 뽑고 눈을 지졌어야죠. 손가락 발가락을 잘라서라도 사기 친 돈 돌려받았어야죠."**, **"모든 일에는 대가가 따르는 거예요."**, **"죽여요!"**, **"죽여요!"**

악몽으로 뒤척이던 오택이 전화벨 소리에 눈을 뜬다.
핸드폰을 보면 모르는 번호로 온 전화. 오택, 마른세수하며 전화 받는다.

오택 여보세요.
상대방F ......
오택 여보세요?
상대방F 아저씨, 나야.

오택 ??

상대방F 나 기억 안 나?

21. [중국, 청도] 다방 / D

자욱한 담배 연기에 찌든 허름한 다방..

찐득한 소파에 구겨 앉아 해바라기씨를 오도독오도독 까먹는 밀항보스가 보인다.

다방에 들어선 오택, 밀항보스를 보고 다가가 앞에 앉는다.

밀항보스 서운하네.. 기억도 못하고.. 아저씨 땜에 신세 조지고 깜빵까지 다 녀왔는데.

오택 ...

밀항보스 아저씨 이 동네서 유명하대? 그놈 찾겠다고 여기저기 현상금 걸어두셨더만. 금혁수.

오택 금혁수가 아니야. 내가 찾는 놈은-

밀항보스 아, 들었어. 얼굴도 모르는 놈 찾아다닌다고. 4년 전 한국에서 밀항해 들어온 고통을 모르는 남자..

오택 ...

밀항보스 그놈 정보 넘기면.. 진짜 돈 줘요?

오택 (잠시 보다가) 사기 칠 생각이면 다른 데 알아봐. (일어서는데)

밀항보스 앉아봐. 앉아보라고. 사람이 속고만 살았나.

오택 (내키진 않지만 일단 앉는다)

밀항보스 (뜸 들이다) 출소하고 굴러먹다 여기까지 왔는데, 드럽게 서럽더라고. 말도 안 통해, 음식도 안 맞아. 돈도 다 떨어져.. 그래서 그

씨박새끼 찾아서 현상금이나 타보려고 좀 알아봤는데.. 이 살인마새끼가 얼루 사라졌는지 도대체가 찾을 수가 없는 거야. 아저씨도 그랬지?

오택 …

밀항보스 근데 얼마 전에 그때 그 씨박새끼 태우기로 했던 중국 뱃놈을 우연히 만났지 뭐야. (쓱- 앞으로 다가와) 걔가 아주 재밌는 얘길 하대?

오택 ?!

밀항보스, 거기까지 말하곤 일부러 오도독 해바라기씨 까먹으며 시간을 끈다. 품에서 돈뭉치를 꺼내 테이블 위에 올리는 오택.. 돈뭉치에서 손은 떼지 않는다.

오택 도움되는 정보면, 이거 니 꺼야.

밀항보스 돈 많다더니 진짜네? 뭐 로또라도 맞았어?

오택 말해.

밀항보스 내가 물어봤지. 그 새끼 엇다 내려줬냐고. 청도로 들어온 게 맞으면 이렇게까지 못 찾는 게 말이 안 되잖아.

오택의 숨소리가 가빠진다.

밀항보스가 이제는 돈을 달라는 듯 턱짓하면, 돈뭉치에 올렸던 손을 떼는 오택.

밀항보스는 돈뭉치를 가져가 주머니에 넣은 후 오택 가까이 몸을 기울인다.

밀항보스 뱃놈 말이.. (속삭이듯) 살인마새끼는 중국 배에 타질 않았대.

오택 ?

밀항보스 접선하려고 공해에서 열라 기다렸는데 그놈 태운 보트가 결국 나타나질 않았다는 거야. 그니까 결론은 둘 중 하나인 거지. 바다 어딘가에서 쏙 사라져버렸거나.. 아니면..

오택 !!

밀항보스 그때부터 지금까지 쭈욱- 한국에 있거나.

22. 고주환의 카센터 앞 / N

영업 마친 카센터 전경 보이고.. 아직 사무실에서 정리 중인 고주환 보인다. 일상복으로 갈아입은 오승현이 카센터 앞에서 툭툭 발을 차며 채리와 통화 중이다.

오승현 아직도 샵이야? 몸은 괜찮고? 며칠 좀 쉬지.. 그래.. 알았어. 조만간 날 잡고 말씀드리자. 어.

오승현, 사무실 불까지 끄고 나오는 고주환 보고 전화 끊는다. 고주환과 오승현, 함께 셔터를 내린다.

고주환 (탈탈 손 털며) 들어가. 내일 보자~.

오승현 수고하셨습니다.

23. 오택의 집 앞 / N

왠지 생각이 많은 오승현, 터덜터덜 캔맥주를 사 들고 집으로 향한다. 폰으로 '아빠'를 찾아 통화 버튼 누를까 갈등하다가.. 그냥 폰을 넣는데.. 문득 다세대 주택 창문에 켜진 불빛을 본다. **어?!**

24. 오택의 집 / N

집으로 들어온 승현, 오택이 어두운 주방에서 물 마시는 걸 본다.

오승현 (반갑지만 주저하며) 언제 왔어? 연락하지. 공항 나갔을 텐데..

오택 경황이 없었어.

오택, 물잔 내려놓고 급한 듯 바로 현관으로 향한다.

오승현 방금 온 거 아냐? 어디.. 가?

오택 (신발 신으며) 그놈이 한국에 있는 것 같애. 지금까지 잘못된 곳에서 찾고 있었어.

오승현 하아.. (어이없다는 듯) 또 누가 그런 소릴 해? 사기꾼이? 아빠, 금혁수가 한국에 있었으면 벌써 잡혔겠지.

오택 아니, 그놈은 금혁수가 아니라..

오택, 답답하다는 듯 오승현을 보면..
오승현은 또 시작이냐는 표정으로 오택의 말을 믿지 않는 분위기고..

오택 나중에 얘기하자.

오택, 나가려는데 오승현이 붙잡는다.

오승현 아빠, 알았으니까 천천히 해. 우리 오랜만이잖아. 같이 저녁이라도..

오승현, 문득 오택 손에 난 큰 상처를 본다.

자세히 보면 오택의 얼굴에도 곳곳에 생채기들이..

오택 (승현의 시선 느끼고) 신경 쓰지 마. 별거 아냐. (현관문 열려다 마음에 걸리는지) 저녁은 다음에 먹자.

현관 문고리를 잡는 오택의 뒤에서 승현의 목소리가 들려온다.

오승현 아빠.. 이제 그만하면 안 돼?

오택 (돌아본다)

오승현 4년이나 했잖아. 그만해 이제..

오택 뭘? 뭘 그만해? 니 누나 죽인 놈 찾는 거?

오승현 ......

오택 누나랑 엄마가 죽었어. 어떻게 그런 소리를 해?!

오택이 내뱉은 말에 승현 표정이 굳는다. 서운하고 억울한 듯..
두 사람 사이엔 잠시 정적이 흐르고..

오승현 (체념한 듯) 알았어.. 가.

오택도 마음이 편치 않지만.. 더 이상 말 못하고 현관을 나선다.

25. 중고 가전 매장 / N

늦은 밤. 'CLOSED' 팻말이 걸린 백사장의 중고 가전 매장.

백사장 범인이 한국에 있다고요? 정말.. 그렇게 믿으시는 겁니까?

오택 네. 그날 밤의 모든 건 놈의 계획이었어요. 처음부터 계획하고 제 택시를 탔고, 금혁수인 척 연기했으니까.. 그랬던 놈이 중국 배를 타지 않았다면, 그것 역시도 계획의 일부였을 겁니다.

백사장 그렇다 해도 이미 다 찾아보지 않았습니까? 오기사님이 기억하는 것들.. 윤호어머니가 남긴 단서들.. 모두요.

오택 분명 놓친 게 있을 겁니다.

백사장, 고개 끄덕이며 일어나 구석에서 먼지 쌓인 커다란 박스를 꺼내온다.

백사장 이게 그동안 저희가 조사했던 자료들입니다.

26. 몽타주

– 오택의 집, 작은 침대와 낡은 데스크톱이 놓인 책상이 전부인 단출한 오택방. 책상 위에 여러 자료들이 쌓여 있는 가운데.. 오택은 그날 밤 범인과 있었던 모든 일을 적어둔 수첩을 보며 키워드들을 벽에 포스트잇으로 붙인다. **'버스 사고.. 무통각증.. 연극반.. 윤세나.. 체육 특기생 추락사.. 노숙자.. 남윤호.. 승미.. 고시원.. 정이든.. 캠핑카.. 졸음쉼터 형제.. 서강면 母子.. 이철상(금혁수父).. 사료 공장..'**

– 중고 가전 매장. 백사장과 대화하는 오택.

오택 노숙자들을 죽인 건 금혁수가 맞아요. 윤호군도 마찬가지고요.

– 오택의 방. 오택, **'노숙자 살인'** 포스트잇 아래엔 **'금혁수 DNA 발견'**. **'남윤호'** 아래엔 **'금혁수와 동선 겹친 증거 발견됨'** 등등의 메모를 덧붙이고, **'승미'** 아래엔 **'남자친구=금혁수'**를 추가한다.

오택E 봉사동아리 친구가 승미랑 금혁수가 같이 있는 걸 본 적 있다고 했으니, 승미랑 사귄 것도 확실히 금혁숩니다.

– 중고 가전 매장.

오택 하지만 금혁수는 연극부였던 적이 없었고, 무통각증을 겪지도 않았어요. 고등학교 시절만은 금혁수가 아닌 그놈의 이야기입니다.

백사장 오셀로를 공연했던 연극부, 무통각증을 앓고 있는 사람들 저희 다 조사했었지만 얻은 게 없지 않았습니까? 범인의 거짓말일지 모릅니다.

오택 그럴 수 있죠. 하지만 아무리 생각해봐도 놈이 저한테 거짓말을 할 이유를 못 찾겠더군요. 목포에 도착하면 어차피 절 죽일 생각이었으니까요.

– 오택의 방. 벽에 붙은 각각의 키워드들에 추가 메모들이 잔뜩 붙어 있는 가운데.. 오택, 메모 중 **'금혁수'**가 적혀 있는 것들을 하나씩 떼어내기 시작한다. 포스트잇들이 떨어져나가고 나면.. 결국 범인의 고등학교 시절에 대한 키워드들 **'버스 사고.. 무통각증.. 연극반.. 윤세나.. 체육 특기생 추락사..'**만 남고..

오택E 그놈이 말한 고등학교 때 이야기. 거기서부터 다시 시작해야 해요.

– 중고 가전 매장. 오택, 백사장이 건네준 몇몇 남학생들의 사진을 본다.

백사장 보험사 쪽에 있더군요. 전에 찾았던 무진포행 버스 추락 사고, 장천행 버스 역주행 사고.. 그 버스에 탑승했던 남학생들 사진입니다.

오택 (사진을 보지만 이내 고개를 젓고) 이 학생들은 아닙니다. 제가 놈의 얼굴을 기억 못한다 해도.. 아닌 건 알아요. 느낌이 완전히 다릅니다.

– 오택의 방. 오택, 테이블에 쌓여 있는 고등학교 졸업 앨범들과 프린트된 문서를 비교하며 뭔가를 체크 중이다. 문서는 서울 경기권에서 추락사한 15~19세 남자의 리스트에 과거 오택과 백사장이 각각 학교명과 '복싱부', '펜싱부', '생활 체육', '운동부X' 등의 메모를 해둔 것으로 '체육 특기생 추락사' 관련 문서다.

– 중고 가전 매장. 오택, 체크한 '체육 특기생 추락사' 문서를 백사장에게 보여주며,

오택 여기 두 학생도 운동부였는데 졸업 앨범을 확인 못했었네요. 구해주실 수 있겠습니까?

– 오택의 방. 데스크톱에는 **'무통각증 환우와 가족 모임'** 커뮤니티 페이지가 떠 있고, 오택은 운영자에게 쪽지를 보낸다. **'안녕하세요. 고등학교 때 무통각증이 생겼다고 말하는 남자를 찾고 있습니다. 모임에서든 주변에서든 그런 남자를....'**

– 오택의 방. 늦은 밤. 오택이 졸업 앨범 속 학생들의 얼굴을 하나씩 살펴보고 있다. 집중하던 오택.. 컴퓨터에서 알림음 울리자 곧장 커뮤니티 사이트 들어가 받은 쪽지 확인한다. **'무통각증 환우와 가족 모임'**에서 온 답장.. **'저희 커뮤니티에 후천성 무통각증 환우는 없습니다. 도움 못 드려 죄**

송합니다.'

– 오택의 방. 오택, 어두운 표정으로 '**무통각증**' 포스트잇을 떼어내고..

– 중고 가전 매장. 오택이 백사장에게 졸업 앨범들을 돌려준다.

백사장 범인 얼굴은 없었습니까?
오택 (끄덕..)
백사장 윤세나도요?
오택 네.. 윤세나란 이름도.. 한지수 닮은 여학생도 없었습니다.

도무지 나오지 않는 단서에 답답한 두 사람.. 백사장, 피곤한 듯 잠시 눈을 지그시 누르는데.. 오택의 시선에 백사장 뒤쪽 벽에 붙어 있는 색 바랜 '**실종 아동을 찾습니다**' 전단이 보인다. 오택, 전단 속 환하게 웃고 있는 어린 남자아이를 물끄러미 바라보면.. 오택의 시선을 느낀 백사장.

백사장 그간.. 한 번도 묻지 않으시더군요.
오택 전단이 붙어 있다는 건.. 아직 찾지 못하신 거 같아서요..
백사장 제가 범인 체포는 꽤 잘했었는데.. 중이 제 머리는 못 깎은 거죠..
오택 그래서 윤호어머님 도와주셨던 겁니까? 저도 마찬가지고..
백사장 자식 잃은 부모 심정은 잃어본 사람이 제일 잘 아니까요.

– 오택의 방. 여러 고등학교 연극제 리플릿들을 확인하는 오택.

백사장E 어렵게 구했습니다. 노력한다고 했는데.. 이게 다네요.

리플릿 속에서 놈을 찾아내지 못한 오택은 짜증 내며 리플릿을 던져버린다.

후우.. 탄식을 내뱉던 오택.. 벽을 보면 두 장의 포스트잇만이 남아 있다.

'연극반.. 윤세나..'

– 오택의 집. 거실. 자기 방에서 나오던 오승현이 급하게 밖으로 향하는 오택을 본다. 옅은 한숨..

– 어느 연극 연습실. 배우들에게 뭔가를 물어보는 오택.. 하지만 고개를 젓는 배우들..

– 공연장. 오택은 한 배우를 잡고 물어보지만 배우는 모른다는 눈치.

– 대학로. 벽에 붙어 있는 연극 포스터들 사이를 걷는 오택..

– 분장실. 이곳에서도 역시나 성과는 없고..

– 버스 정류장에 앉아 있는 오택의 옆 광고판에 '한지수'의 얼굴이 가득 보인다. 오택은 광고 속 한지수를 잠시 바라보고..

– 대학로. 오택, 연극 포스터를 붙이고 있는 극단단원들에게 다가간다.

오택 혹시 고등학교 때도 연극 하셨습니까? 비슷한 또래일 텐데.. 연극반 활동했던 윤세나라는 친구를 찾고 있습니다.

극단단원1 윤세나..? 잘 모르겠는데.. 너 알아?

단원들 모두 모르겠다는 표정이다. 오택은 실망하고.. 단원들은 떠나간다. 힘이 빠지는 오택, 잠시 털썩 주저앉는데..

목소리E 윤세나 찾으세요?

오택, 놀라 돌아보면.. 아무도 없다! 당황하는 오택의 귀에 또 한 번 들리는 소리.

목소리E 여기요..

보면, 조그만 티켓 박스 매표소의 작은 구멍 사이의 얼굴이 오택을 부른 것.

27. 극단 사무실 / D

영세하고 좁은 극단 사무실에서 매표단원은 노트북으로 뭔가를 검색하고.
옆에 앉은 오택은 초조하게 기다린다.

매표단원 연극제 같이 했던 연합팀에 윤세나란 애가 있었던 거 같거든요..
오택 제가 진짜 찾는 사람은 윤세나씨 남자친구입니다. 혹시..
매표단원 남자친구까지는 모르겠어요. 친했던 게 아니라서.. (SNS에서 사진 하나 보고) 어?! 찾았다!

오택, 긴장하고 바라보는데..
고등학교 연극제 사진.. 한지수하고 전혀 다른 스타일의 여학생이 보인다.

오택 (실망) 아닙니다. 이 여학생은..
매표단원 아뇨아뇨. (화면을 확대하고) 얘요. 얘 말하시는 거 아니에요?

오택, 얼어붙은 채 화면을 응시한다.
확대된 화면.. 사진 한쪽 구석에 조그맣게 잡힌 한 여학생(윤세나) 보이고..
오택, 다급하게 수첩에 넣어둔 한지수의 광고 사진(2화, #9) 펼쳐 비교해본다.
오택의 옅은 탄식.. 꼭 닮았다!!
사진 속 윤세나의 얼굴 CU. 그 위로 **쿵쿵쿵**- EDM 음악 소리 이어지면-

28. 클럽 / N

점멸하는 조명 아래 음악에 몸을 맡긴 사람들.
제단 같은 무대 위. 온통 검은색 옷으로 휘감은 채 무표정하게 자기만의 세계 속에서 일렉트로닉 비트를 전개해나가는 고스룩의 여성 DJ.. 그녀는.. 윤세나다.

29. 클럽, 여자 화장실 / N

찬물 틀고 어푸어푸 세수하는 윤세나.
티슈 뽑아 거칠게 얼굴 물기 닦아내면, 변기 칸에서 나온 MD가 보고 다가온다.

MD (작은 비닐에 담긴 마약을 흔들며) 썬~ 하나 줘?

윤세나, MD 손에 들린 마약을 잠시 보다가.. 단호하게 고개 젓고 밖으로 향한다.

MD 웬일이래. 없어서 못 살더니.

30. 24시간 코인 세탁소 / N

돌아가는 세탁기 앞에서 폰 게임 중인 윤세나. 모르는 번호로 전화가 걸려오자 거절하고.. 또 걸려오지만 거절하고.. 귀찮은 듯 아예 폰 꺼버린다.

31. 윤세나의 레지던스 건물 뒷골목 / N

빨래 가방을 들고 레지던스 건물로 향하는 윤세나의 시선에 어두운 골목의 그림자 속에 서 있는 중년의 남자(오택)가 보인다. 윤세나는 오택을 무시하고 지나치려는데..

오택 송민선씨? 잠시만요...
윤세나 (대뜸) 그만 좀 찾아와! 돈 갚는다고! 갚는다고 했잖아!!

오택, 자신을 뿌리치는 윤세나의 어깨를 잡고..

오택 그런 게 아니라..

대뜸 목걸이 페퍼 스프레이를 꺼내 **치익**- 오택 얼굴에 직사하는 윤세나. 도망치는데-

오택 (눈 가리고 콜록이며) 윤세나씨! 잠깐만요!

윤세나 (멈칫. 돌아보고) 당신.. 뭐야?

오택 원래 이름이 윤세나.. 맞죠?

윤세나 내 이름.. 어떻게 알았어?

오택 세나씨하고 고등학교 때 소울메이트였다고 말하는 놈을 찾고 있습니다! 윤세나씨랑 교환소설도 썼던 놈이요!

윤세나 !!

오택 누군지 아시죠?

윤세나 .....

오택 누굽니까.. 그놈이.

32. 스포츠 클럽, 리셉션 / D

부르주아 분위기가 풍기는 스포츠 클럽 리셉션으로 다가가는 남자의 뒷모습이 보인다.
리셉션 직원이 웃으며 바라보면..
'LEE BYUNG MIN'이라 표기된 VIP 카드를 내미는 남자의 손.

윤세나E 이병민.. 이병민이에요.

손의 주인은.. 그날 오택에게 스스로를 '금혁수'라고 소개했던 범인, **이병민**이다. 그때하고 바뀐 헤어스타일, 젠틀하고 우아한 느낌으로 직원에게 미소 짓는 이병민.

33. 윤세나의 레지던스 현관문 앞 / N

문 닫힌 윤세나의 레지던스 앞에서 오택이 기다리고 있으면 잠시 후 문이 열리고.. 윤세나가 나와 작은 USB 하나를 오택에게 건넨다.

윤세나 아직 인터넷에 있더라고요.

오택 (받으며) 고맙습니다.

윤세나 이병민.. 저한테 좋은 기억이 아니에요. 다시 떠올리고 싶지도 않고요. 그러니까.. 다시는 찾아오지 않으셨으면 좋겠어요.

오택의 눈앞에서 문이 닫힌다.

34. 오택의 집, 오택의 방 / D

오택, 책상 위 데스크톱을 켜고 윤세나에게 받은 USB를 꽂는다.
파일을 열면 보이는 교환소설 표지. **'소울메이트 _ 이병민 & 윤세나 지음'**

35. 스포츠 클럽, 수영장 + 이병민의 회사 / D

- 수영장. 촤악- 촤악- 물살을 가르며 리드미컬하게 수영하는 이병민.

- 벤처 기업 특유의 모던하고 스마트한 분위기의 사무실. 댄디한 차림으로 출근하는 이병민이 직원들과 격의 없이 아침 인사를 나눈다.

– 수영장. 이병민은 레인 끝에 도착해 물안경을 올리고 숨 고르며 스마트워치의 기록 체크한다. 만족스러운 듯 미소 짓는데.. 물 밖의 한 남자가 옆 레인에 풍덩 뛰어들며 촤아악- 이병민에게 물살이 튀긴다. 눈에 튄 물을 닦아내는 이병민, 옆 레인 남자가 껄렁거리며 눈인사하는 게 거슬리고..

– 자유로운 분위기의 점심시간. 샌드위치가 사무실로 배달되고, 드립 커피를 내리는 이병민의 모습이 제법 바리스타 같다.

– 수영장. 촤악- 촤악- 물살을 가르는 이병민의 시선에 보이는 옆 레인의 수영남. 이병민이 금세 따라붙자, 촤악- 수영남도 이병민을 의식하는지 속도를 높이고..

– 이병민이 직원들에게 직접 내린 커피를 가져다주자 좋아하는 직원들.

이병민 맛있게 드세요.

직원1 대표님 이번에 올해의 기업인상 후보 오르셨다면서요? 축하드려요!

이병민 (미소) 수상한 것도 아닌데 무슨 축하예요?

직원2 받으시겠죠~

이병민 (내심 기대하고 있는 듯) 뭐.. 그럼 좋겠죠?

– 수영장. 이병민과 수영남은 앞서거니 뒤서거니 선두를 뺏고 뺏기고..

– 두바이 클라이언트와 화상 회의가 진행 중이다. 자신의 바이오코스메틱 회사 제품을 설명하는 이병민의 열정적인 브리핑에 클라이언트는 호의적인 반응을 보인다.

– 촤악- 촤악- 촤악- 이병민은 호흡도 참아가며 스퍼트를 올리고.. 터치! 푸하- 보면, 옆 레인의 수영남은 이제 막 도착. 수영남을 슥 보며 우월감을 드러내는 이병민. 숨을 헐떡이는 수영남은 인정하기 싫은 듯 썩은 미소를 날리고-

– 스포츠 클럽 지하 주차장에서 차를 몰고 건물 밖으로 나오는 수영남. 별생각 없이 프로틴바 먹으며 핸들 돌리는데.. 쿵- 위에서 떨어진 콜라병이 앞 유리와 부딪히며 산산조각 난다! 순식간에 앞 유리는 검은 콜라로 뒤덮이고.. 수영남 충격에 얼어붙으면-

36. 오택의 집, 오택의 방 + 이병민의 회사, CEO 룸 / D

오택의 방. 교환소설을 찬찬히 읽는 오택의 모습 위로..
교환소설에 쓰여 있는 글귀들이 화면에 담긴다.
..... **완벽했던 교환살인 후 9년 만에 하나를 다시 만난 민재는** .....
..... **민재는 자신의 명함을 하나에게 건네며 말했다. "기억나?"** .....
..... **명함을 본 하나는 추억이 떠오르는 듯.. "회사 이름을.. 그걸로 했네?"** .....

CEO 룸. 이병민 혼자 일하는 중인데.. **똑똑-** 노크 소리에 보면,
배가 봉긋 솟은 임산부(이하 **노현지**)가 이병민을 찾아왔다.

오택이 보는 교환소설 속 글귀..
..... **오딘(Odin)** .....
..... **민재는 답했다. "당연하지. 너랑 같이 정한 이름이니까."** .....

노현지를 밝게 웃으며 맞이하는 이병민.
그 뒤로 회사 로고가 보인다. **'오딘 바이오테크놀로지'**

CUT TO BLACK

37. 오딘 바이오테크놀로지 건물 앞 / D

SLOW MOTION
어딘가를 응시하는 오택의 얼굴.. 드디어 놈을 찾아냈다는 기쁨과 지난했던 그간의 추적을 곱씹는 허탈함, 그리고 내면 깊숙한 곳에서 올라오는 분노가 공존한다.
햇살 아래 여우비를 그대로 맞으며 서 있는 오택의 시선은 길 건너편을 향해 있는데..
행여 노현지가 비 맞을세라 곱게 우산 씌워주며 차에 태우는 이병민이 보인다.
치미는 감정을 삭이는 오택의 긴 심호흡. **후**............

오택 (혼잣말) 찾았어.. 승미야.

INS.
(6화, #64) 승미 폰 바탕 화면에 떠 있던.. 환하게 웃고 있는 승미의 얼굴..

8화

운수 좋은 날

1. (4년 전) 농협 본점, 복권 상담실 / D

상담직원 운이 좋으셨네요. 유효 기간 딱 일주일 남았는데. 놓칠 뻔하셨어요.

VIP 통장을 오택에게 건네는 복권 사업팀 담당직원.
오택, 말없이 통장 받아 찍힌 숫자를 본다. '2,120,589,554원'

상담직원 이제 목돈 운용하셔야 하잖아요? 저희 투자 상품 설명 좀 드릴게요.
오택 아뇨. 중국 돈 환전만 부탁드립니다.
상담직원 아~ 중국 여행 가세요?
오택 ...
상담직원 (대답 없자 머쓱해서) 외환 사업부 담당자 연결해드리겠습니다. 참, 그전에 저희가 VIP 통장 개설하신 고객님들께 럭키박스 이벤트를 진행 중이거든요. (태블릿 PC 화면 보여주며) 하나 뽑으세요.
오택 괜찮습니다.
상담직원 뽑으세요~ 혹시 알아요. 경품 1등도 당첨되실지? 고객님 정말로 '운'이 좋으신 분이잖아요?

복권 담당자의 말에 고개 드는 오택.. 메마른 표정으로 담당자를 응시한다.

오택 제가... '운'이 좋은 사람입니까?

8화
운수 좋은 날

2. (며칠 전) 산속 공터 / N

달빛도 없는 어두운 밤, 산 중턱에 있는 조그만 공터에 덩그러니 세워진 승용차.
뒷좌석에는 30대 여성과 6~7살 남자아이가 죽은 듯 잠들어 있고, 운전석의 남자 보이는데.. 그는 7화에서 이병민과 수영 대결을 벌였던 수영남이다.
수영장 때의 활력 넘치던 모습은 사라지고 피폐한 몰골.. 불안한 동공으로 제정신이 아닌 듯 보이는 수영남은 눈물, 콧물을 주체 못하며 약통의 알약을 3~4알 꺼내 삼키더니 번개탄과 은박 접시를 준비하고. 라이터를 꺼내 든다.
그때 앞쪽에 어느 차량 하나가 스르륵 등장해 수영남 차 앞쪽에 주차하는 게 보인다.
중요한 순간을 방해 받은 수영남은 앞차가 신경 쓰이는데..
헤드라이트가 꺼지는 앞차, 시동마저 꺼지고.. 공터엔 불편한 정적이 흐른다..
마주 보고 선 두 차량 사이의 미묘한 긴장은 계속되고..
딸깍- 건너편 차량의 운전석 문이 열리고 실루엣 사내가 걸어온다.
똑똑- 수영남 운전석 차량을 노크하는 실루엣 사내.
짜증 나는 수영남, 일단 지잉- 창문을 내리면.. 드러나는 실루엣 사내, 이병민이다.

수영남 당신 뭐야?

이병민 (젠틀한 미소) 나? 당신이 당신 가족을 죽이게 만든 사람.

CUT TO BLACK

앵커E 경기 중천시의 한 야산 공터에서 30대 가장 A씨가 아내와 아들을 살해한 뒤 극단적인 선택을 한 채 발견되었습니다.

3. 이병민의 집, 주방 / N

커다란 식칼로 선홍빛 고깃덩어리를 썰고 마리네이드하는 이병민의 우아한 손놀림.

앵커E (연결) A씨는 얼마 전 자신이 운영하는 기업체의 건강식품에서 쇳가루가 나왔다는 사실이 알려지며 여론의 질타와 함께 소송에 휘말렸는데요.

곁들임용 토마토, 파프리카 등을 써는 이병민의 입꼬리가 묘하게 올라가고..

앵커E (연결) 경찰은 최근 생활고까지 겪게 된 A씨가 심한 우울증으로 인한 환청과 환각으로 괴로워했다는 지인들의 증언을 확보하고....

이병민, 뉴스에 집중하며 귀를 만지작거리는데..
샤워를 마친 노현지가 주방 쪽으로 오자 태블릿을 끈다.

노현지 (준비된 식단 보며) 스테이크?
이병민 (다정한 미소) 임산부한테 좋대.

4. 고주환의 카센터 / N

고주환, 주환아내, 채리가 오승현과 함께 카센터 마당에서 삼겹살 파티를 벌인다.
화기애애한 분위기 속에 치익- 바비큐 그릴에 구워지는 삼겹살과 퐁- 따지는 차가운 맥주병 보이면..

5. 이병민의 집, 주방 / N

띠- 전자 알림음과 함께 인덕션 전원이 들어오고, 고급 구리팬이 올려진다.
달궈진 팬 위에 거침없이 손바닥 대보는 이병민, 만족스러운 듯 고기 올리고..

6. 고주환의 카센터 / N

고주환 (구운 삼겹살 테이블로 옮기며) 자~ 짠 하자~ 짠~짠~짠~

주환아내 (원샷한 후 삼겹살 입에 넣고) 잘 구웠네~ 맛있다.

고주환 채리 왜 맥주 안 마셔? 몸 안 좋아?

고채리 (대답 안 하고 승현에게 눈치를 준다)

긴장한 채 앉아 있는 오승현, 앞에 놓인 맥주를 원샷하곤..

오승현 저.. 드릴 말씀이 있는데요.

고주환 (다시 고기 구우며) 얘기해.

주환아내 승현아 거기 술 좀.

고주환 아잇. 여보. 지금 승현이 얘기할라는데.

주환아내 어 미안. 얘기해. 뭔데?

오승현 아니요.. 나중에 말씀드릴게요.

고채리 (답답하다는 듯 가슴을 두드리다) 후.. 오승현! 그냥 시원하게 얘기해.

고주환, 주환아내 뭘?

고채리 엄마 아빠 나 임신했어. 승현이랑 결혼할 거야!

주환아내는 술잔을 쏟고, 주환은 들고 있던 고기를 떨어뜨려 기름이 팍- 튄다.

고주환 아 뜨거!!!

주환아내 미쳤어? 임신?!! (고채리의 머리를 쥐어박으며) 지들 앞가림도 못 하는 것들이 벌써 임신??

오승현 죄송합니다.

고채리 왜 때려!

주환아내 왜 때려?! 이게 뭘 잘했다고 당당해?

고채리 엄마도 결혼할 거면 승현이랑 하라고 했잖아!!

주환아내 최소한 승현이 군대는 갔다 와서 말한 거지!!

고채리 엄마가 나한테 그런 말할 자격 있어? 엄마도 속도위반했다며?!

주환은 고개 푹 숙인 승현을 보고, 괜찮다는 듯 어깨 툭툭 쳐준다.

고주환 뭐. 그래. 이미 생긴 걸 어쩌겠어. 축하한다.

주환아내 축하하긴 뭘 축하해!!

오승현 죄송합니다.

고채리 뭐가 죄송해!!!

고주환 아유~! 귀 아퍼! 둘 다 소리 좀 그만 질러!

하지만 채리와 주환아내의 티격태격 고성은 계속되고..

고주환 (고개 절레절레 흔들고 승현에게) 택이한텐 얘기했니?

오승현 ....조만간 하려고요.

답하는 오승현의 표정이 어둡다.

7. 이병민의 집, 주방 / N

식탁의 노현지에게 잘 구운 스테이크를 서빙하는 이병민, 자기 자리에 가서 앉는다.

이병민 우리, 병원 가는 날이 다다음 준가?
노현지 되게 기대되나 봐. 아들 아니면 어쩌려고?
이병민 아들 맞다니까. 태몽이 그래.
노현지 치. 남들은 요새 딸이 대세라던데.
이병민 (웃음) 먹어.

우아하게 스테이크를 먹는 두 사람의 모습에서 화면 서서히 넓어지면..

8. 고급 주택 단지, 이병민의 집 앞 / N

마당을 지나.. 담장을 지나.. 대문을 지나.. 고급 단독 주택 앞..
오택이 말없이 이병민의 집을 노려보고 있다.

9. 중고차 시장 / D

딸깍- 중고차딜러가 트렁크를 열면 오택이 트렁크 내부 공간을 유심히 본다.

중고차딜러 사장님 골프 다니시나 보다. 여기 골프백 두 개도 너끈히 들어가요.

오택 넣어봅시다.

중고차딜러 네? 골프백이 지금.. 없는데..

오택 키가 얼마나 됩니까?

중고차딜러 180이요. (깨닫고) 아.. 제가 들어가면 믿으시겠어요? 잠시만요.

중고차딜러, 낑낑거리며 트렁크에 들어가 오택에게 트렁크 넓음을 기어이 증명한다.

중고차딜러 (힘들지만 참고) 제 말이 맞죠?

10. 고급 주택 단지, 이병민의 집 앞 - 도로 / D

아침. 노현지를 조수석에 태운 이병민의 차가 집 주차장을 빠져나오면..
조금 떨어진 곳에서 구입한 중고차를 타고 지켜보던 오택, 따라서 출발한다.
달리는 이병민의 차와.. 뒤따르는 오택의 차.

11. 외국계 로펌 회사 빌딩 앞 / D

이병민의 차가 도착하면 노현지는 내려 이병민에게 손인사하고,
거리를 두고 정차한 차 안의 오택은 노트에 시간과 장소를 적는다.

이병민의 차는 다시 출발. 오택의 차도 천천히 다시 움직이기 시작하면..
노현지와 함께할 때와는 다른.. 무표정한 이병민의 모습에서......

12. 윤세나의 레지던스 / D

헉! 윤세나가 잠에서 깬다.
천장을 바라보며 옅은 한숨을 내쉬는 윤세나.. 얼굴과 온몸이 식은땀으로 젖어 있다.

특별한 가구 없이 디제잉 장비들, 널브러진 옷가지들만 보이는 좁은 레지던스 내부.
윤세나, 인스턴트 커피병 꺼내 대충 컵에 털어 넣고 찬물 받아 전자레인지에 돌린다. 머리가 아픈 듯 힘들어하다가 찬장에서 진통제 꺼낸다. 때마침 **띵**- 전자레인지 완료음 울리자 진통제 3알을 뜨거워진 커피와 함께 넘겨버리고..

식탁에 앉은 윤세나, 노트북 펼치고 **'금혁수'**를 검색해본다. 노숙자들, 오승미, 남윤호, 황순규, 이송 중인 오택 등.. 모자이크에도 끔찍함이 전해지는 피해자들 사진을 보자 불편한 듯 손톱을 물어뜯고..
이어서 **'이병민'**을 검색하면, '오딘 바이오테크놀로지' 홈페이지의 CEO 이병민 이미지가 나온다. 환하게 웃고 있는 이병민의 위선적인 얼굴을 보자 온몸이 바들바들 떨리기 시작하는 윤세나, 심호흡하다 안 되겠는지 겉옷 챙겨 급하게 레지던스를 나간다.

13. 지하 굴다리 / D

후드티를 뒤집어쓴 윤세나가 잔뜩 몸을 웅크린 채 빠른 걸음으로 굴다리를 걷는다.

14. 클럽 / D

오픈 전의 클럽. 준비 중인 몇몇 종업원들 보이는 가운데..
윤세나가 급히 들어와 눈으로 MD를 찾는다.
발견하고 다가가 귓속말하자 주머니에서 작은 비닐로 소포장된 마약봉지들을 꺼내 건네는 MD. 윤세나가 비닐에 손을 뻗자 휙- 장난치듯 감추며,

MD 끊겠다며?
윤세나 내놔!

윤세나, **휙**- 마약을 채가듯 빼앗고 클럽 밖으로 나간다.

15. 고급 주택 단지, 이병민의 집 앞 / N

고요한 이병민의 집 전경이 보이고..
그 건너편.. 가로등 빛이 만든 짙은 그림자..
그림자 속에서 누군가 전자담배를 피우는 듯 하얀 연기가 후.... 후........

이병민 집 대문이 열리고 이병민이 나온다. 신발 끈이 풀렸는지 끈을 묶는데..
그림자 속에서 모습을 드러내는 윤세나.. 손에 들린 식칼..
약에 취한 눈빛의 윤세나가 비틀거리며 이병민 쪽으로 향하고-
뭔가 이상한 느낌이 들었는지.. 이병민, 동작을 멈추면..
어디선가 나타난 오택이 윤세나를 낚아채 어두운 그림자 속으로 밀어넣는다!
땡그랑- 떨어지는 식칼.. 이병민이 소리 나는 쪽을 보는데..
때마침 대문에서 나오는 노현지 소리에 이병민은 고개 돌려 노현지를 반긴다.
그림자 속 오택은 윤세나의 입을 막고 있고..
이병민이 노현지와 함께 사라지는 모습을 확인한 오택,

오택 이게 무슨 짓입니까?

오택, 입 막았던 손 떼면.. 윤세나가 픽- 쓰러진다.

16. 병원, 응급실 / N

링거 맞고 잠들어 있는 윤세나.
약봉투를 받아온 오택이 몸을 틀다가 침상에 올려두었던 윤세나의 후드티를 건든다.
후두둑- 후드티 주머니에서 마약봉지들이 떨어지고..
오택, 주변 눈치 보며 급히 마약봉지를 후드티 주머니에 쑤셔 넣는데,
윤세나가 눈을 뜬다.
마약봉지를 넣다가 윤세나와 눈 마주치는 오택, 못 본 척 후드티를 여미고..

오택 의사 말이 영양 상태가 안 좋대요. (약봉투 내려놓으며) 여기, 약.

(어찌해야 할까 고민하다) 병원비는 계산했어요. 그만 가볼게요.

오택, 커튼 열고 나가려는데 윤세나의 목소리 들린다.

윤세나E 저.. 물어볼 게 있어요.

오택, 돌아보면 몸을 일으킨 윤세나가 말한다.

윤세나 금혁수가 아니라 이병민이 진범이라는 거.. 진짜예요?

오택 네.

윤세나 뉴스에선 다 금혁수가 범인이라잖아요. 이병민이 진짜면 금혁수는 뭔데요?

오택 ....공범이요.

17. 공원 / N

이병민과 노현지가 도심 속 공원 벤치에 앉아 있다.
노현지가 이병민의 반바지 아래 허벅지에 난 흉터를 손끝으로 만지작거리면..
자신의 허벅지 흉터를 보는 이병민.. 과거를 떠올리고..

INS.

(2화, #19) 병원, 허벅지에 박힌 가위. 무통증이 신기한 고등학생 이병민이 가위를 스스로 뽑는데.. 그런 이병민을 관심 어린 시선으로 보는 '수련의'는 '금혁수'다.

INS.

(2화, #27) 응급실. 옆 침상 환자의 상처에 손가락을 넣어보다가 간호사 인기척에 놀란 이병민이 도망치면, 그런 이병민을 보는 POV..의 주인공도 이병민을 알아본 레지던트 '금혁수'였고-

INS.

(2화, #33) 번쩍- 번갯빛. **우르릉 쿵쾅-** 이병민이 **풉! 푸핫!! 푸하하하!!** 웃어대면, 어둠 속에서 등장한 '금혁수'가 이병민에게 다가온다. 서로를 마주보고 씨익-

(현재) 공원 길을 걷는 이병민과 노현지. 이곳은 첫 살인(노숙자)을 저지른 그 공원. '금혁수'와 마주 보았던 그 장소였음이 드러난다. 옛 생각이 나는지 이병민 피식 웃으면,

노현지 왜 웃어?

이병민 어? 그냥 누가 생각나서.

노현지 누구? 첫사랑? 맨날 집 앞에 가까운 공원 두고 여기 오는 게 아무래도 수상하단 말이야~

이병민 아니거든~

노현지 아닌데. 수상한데.

웃으며 노현지를 에스코트하고 사라지는 이병민의 모습 위로..

오택E 고민하고 또 고민했어요.

18. 몽타주

– 응급실의 오택, 윤세나에게 말한다.

오택 경찰은 노숙자들을 죽인 진범이 금혁수라는데.. 이병민은 어떻게 노숙자 살인에 대해 나한테 그렇게 세세히 말할 수 있었던 걸까..

– 이병민의 집. 서재. 이병민이 홀로 폴라로이드 사진들(그날 밤 이후 새로 찍은)을 보며 과거를 떠올린다.

– (3화, #10) **찰칵-** 폴라로이드를 찍는 사람은 '금혁수', 필름을 받아 흔드는 사람은 이병민.. 사진 속 노숙자의 이미지는 뚜렷해지고-

– (3화, #10) 건물 옥상 난간. '금혁수'가 **휫-** 휘파람 불면 이병민이 벽돌을 떨어뜨린다- **쿵-**

– (과거) 오택의 방. 오택이 블랙박스 영상 속, 남윤호의 호프집 밖 귀를 만지며 사라지는 범인의 실루엣을 응시하고 있다. 그 옆 벽에 붙은 포스트잇에는 **'남윤호'** 아래 **'금혁수와 남윤호 동선 겹친 증거 발견됨'** 등등의 메모가 덧붙여져 있고..

오택E 남윤호를 지켜본 남자는 분명 이병민이 맞는데.. 어떻게 금혁수가 남윤호를 죽인 범인일 수 있는 거지?

– 이병민의 집. 서재. 이병민이 옛날 생각에 손가락을 튕겨본다. **딱-**

– (3화, #23) 골목길의 남윤호가 휙 돌아보면- 어둠 속에서 **딱-** 손가락 튕기는 이병민. **휙-** 다른 쪽을 보는 남윤호.

오택E 내릴 수 있는 답은 하나였어요.

– 응급실. 오택, 윤세나에게 이야기한다.

오택 이병민은 금혁수의 숨겨진 공범이다.

– (3화, #23, 연결) 다른 어둠 속, 이병민과 똑같은 옷차림의 '금혁수'가 **딱-!** 불가해한 현상에 남윤호는 몹시 혼란스러운데.. 이어지는 이병민과 '금혁수'의 **딱- 딱- 딱- 딱-** **"누구야!!"** 공황 상태로 소리 지르는 남윤호. **"누구냐고!!!"**

노현지E 자기 뭐 해?

– 서재. 이병민, 노현지 목소리 들리자 폴라로이드 사진들을 정리해 책상 아래 작은 금고 안에 넣는다. 방문이 열리고 노현지가 고개를 내민다.

노현지 안 자?

이병민 (미소) 자야지. (일어서 서재를 나서고)

19. 윤세나의 레지던스 건물 뒷골목 / N

윤세나를 태운 오택의 차가 레지던스 뒤편에 도착한다.
내리지 않고 앉아 있는 윤세나.. 오택이 본다.

윤세나 아저씨. 복수할 거죠?

오택 ……

윤세나 같이해요.

오택 그게 무슨 소리예요?

윤세나 고등학교 때 미국으로 도망쳤어요. 이병민이 너무 무서워서. 그렇게 하면 내 인생에서 이병민을 지워낼 수 있을 줄 알았거든요.

오택 ……

윤세나 근데.. 여전히 꿈에 이병민이 나와요. 그때마다 이병민은 드디어 찾았다면서 제 목을 조르죠. 그럼 전 또 두려움에 떨면서 약을 찾고.. 매일매일이 그렇게 반복돼요.

자신의 목을 만지는 윤세나의 손목에.. 선명한 주저흔들이 보인다.

윤세나 도망만 쳐서는 끝나지 않아. 이 악몽은. 이병민이 죽어야 끝난다고요. 그러니까 같이해요. 부탁드릴게요.

오택 ....아뇨. 나 혼자 합니다.

윤세나 뭐라도 도움이 될 거예요.

오택 정신 차려요, 윤세나씨! 이병민한테서 벗어나고 싶다고요? 정말 벗어나고 싶으면 복수 같은 소리 말고 약부터 끊는 게 먼저예요!

윤세나 제가 약쟁이라서 안 된다는 거예요?

오택 네. 그러니까 내려요. 그만.

윤세나, 머뭇거리다 결국 차에서 내린다.

쿵- 문 닫히면, 모진 소리 내뱉어 미안하고 안타까운 오택.. 하지만 차를 출발시키고-

20. 화훼농원 / N

오택의 차가 어느 황량한 비닐하우스 앞에 선다.
차에서 내리는 오택.. 이곳은 그날 밤 방파제에서 숨을 거둔 황순규의 화원이다.

오택, 삐그덕 녹슨 문을 열고 들어가 불을 켜면..
내부의 나무들은 모두 치워져 있고,
테이블 위 오택의 바닷가 가족사진.. 밝게 웃고 있는 오승미와 장미림 보이고..
그 옆에는 황순규와 남윤호가 함께한 사진 액자가 놓여 있다.. 그 속의 황순규..

오택, 돌아서면.. 한쪽 벽면 가득..
그동안 오택이 준비한 자료와 사진들이 빼곡하게 붙어 있는 것이 보인다!
금혁수와 이병민의 과거 살인에 대한 자료들.. 이병민과 그의 가족들을 조사한 내용.. 서울 지도에 표시된 이병민 동선 메모들과 이병민을 뒤따르며 찍은 수많은 사진들..
그 앞에 선 오택.. 잠시 동안 바라본다. 의지를 다지듯..

21. 고주환의 카센터 / D

카센터로 차 한 대가 들어온다.

오승현 (아는 차인 듯 반기며) 오랜만에 오셨네요?

차에서 내리는 사람은, 김중민이다.

김중민	엔진오일 교환할 때 돼서. 똥차라 간만에 점검도 좀 받아야 할 것 같고. 사장님은?
오승현	출장 가셨어요. 제가 봐드릴게요.
김중민	뭐지 이 자신감은? 이제 경력 좀 쌓였다 이건가?

CUT TO

김중민이 햇볕 받으며 카센터 한쪽에 앉아 있고, 오승현이 커피 가져와 옆에 앉는다.

김중민	계속 인터폴에 확인은 하고 있는데 금혁수 소식은 여전히 없어. 기껏 와서 똑같은 얘기만 전하는 거 미안하다. 오기사님한테도 죄송하고..
오승현	아빠는 어차피 금혁수 소식엔 관심 없을 거예요. 아직도 다른 범인이 있다고 믿고 찾아다니니까..
김중민	(안타깝다는 듯) 지금도 중국 가 계셔?
오승현	얼마 전에 들어왔어요. 이번엔 범인이 한국에 있는 거 같대요.
김중민	(신경 쓰인다) 한국에?
오승현	또 사기꾼한테 무슨 얘기 들은 거겠죠.. 4년 내내 그랬잖아요.
김중민	...그래서 요즘 오기사님, 뭐 하시는데?
오승현	몰라요. 못 물어보겠더라고요. 염치가 없어서..
김중민	니가 뭐가?
오승현	저만 아무 일 없었다는 듯이 잘 살고 있잖아요.
김중민	뭔 소리야? 야! 잘 살아야지! 잘 사는 게 최고의 복수라는 말 몰라?
오승현	...
김중민	아~ 왜 대답이 없어?
오승현	네. 알았어요. (미소) 가세요. 차는 잘 나갈 거예요.
김중민	(웃으며) 그래. 간다.

카센터를 떠나며 룸미러로 오승현을 보는 김중민의 표정이 씁쓸하다.

22. 중고 가전 매장 / D

오택이 들어서면, 오래된 가전 팸플릿을 보며 계산기를 두들기던 백사장이 뭔가를 꺼낸다. 앰플로 된 약물과 폴더폰(대포폰). 물건을 건네는 백사장의 조심하라는 듯한 눈빛. 물건을 받으며 오택도 끄덕.. 화답하고..

23. 화훼농원 / D

오택, 잔뜩 쌓여 있는 박스들을 뜯으며 구매하거나 배송 받은 물건들을 꺼내 확인한다.
방독면, 그물칼, 의료 기기, 토치, 덕트 테이프, 로프 등의 물건들이 보이고..

24. 전원형 요양원, 정원 / D

풍경 좋은 전원에 위치한 요양원 전경. 그곳 야외 정원에서 중풍을 맞아 안면과 몸이 마비된 50대의 남자가 휠체어를 탄 채 먼 풍경을 하염없이 바라보고 있다.
잠시 후, 간병인이 다가와 휠체어를 끌고 센터 안으로 들어가면..
좀 떨어진 곳에서 중풍남자를 지켜보던 오택, 돌아서는데 전화벨 울린다. '**고**

채리'다.

25. 지하 굴다리 / N

윤세나가 지하 굴다리를 걷고 있다.
건너편에서 신나게 떠들며 걸어오는 고등학생 커플 보이자 문득 멈춰 서는 윤세나..

INS.

(2화) 공원. 휴지통에 불을 지르고 즐거워하며 도망치는 이병민과 윤세나.

INS.

(2화) 이병민이 세나아빠 차에 손대고 윤세나에게 손인사하는데 들리는 **야옹~** 소리. 1층 거실 창으로 고양이 코코가 보이고, 세나아빠가 다가와 코코를 껴안는다.

INS.

(과거) 빈 연극 무대. 윤세나와 이병민이 앉아서 대화한다.

윤세나 아빠는 나보다 코코를 더 사랑하는 거 같다니까. 진짜 짜증 나. 확 죽어버렸으면 좋겠어.

이병민 아빠?

윤세나 (?? 당연히..) 코코.

(현재) 뒤돌아 멀어지는 고등학생 커플 보는 윤세나, 다시 걷기 시작.

INS.

(2화) 학교 운동장. 이병민이 선물 박스를 건네자 세나가 기뻐한다.

INS.

(과거) 윤세나 방. 세나가 기대에 차 선물 박스를 열어본다. 무언가를 보고.. 처음엔 뭔지 몰라 당황스럽다가.. 알아보고, 놀란 동공이 확장되며-

(다시 현재) 윤세나는 끔찍한 기억인 듯 인상을 찌푸리는데..
윤세나의 시선이 닿는 곳.. 굴다리 조명 아래.. 이병민이 윤세나를 보고 있다!!

26. 레스토랑, 룸 / N

처음 보는 잘 차려입은 차림새로 앉아 있는 고주환과 주환아내, 어딘가 어색한 듯 둘 다 맥주만 홀짝홀짝 마시고 있다.

주환아내 택이씨 오늘 진짜 오는 거 맞지?
고주환 그래~ 채리가 전화했다잖아.
주환아내 이따 얘기 잘해. 채리 배 뽈록 나오기 전에 날 잡고 식 올려야 하니까. 이거 상견례 자리나 매한가지라고. 알지?

그때, 룸 안에 들어서는 오택.. 어색하다.

고주환 어. 택아. 왔어?
주환아내 (격식 차리며) 승미아빠. (앗!) 아니.. 승현아빠. 여기 앉으세요.
오택 (고주환에게 눈인사하고 주환아내에게) 안녕하세요. (자리에 앉는다)

고주환 (맥주 따르며) 많이 바빠? 어떻게 귀국하고 한잔할 시간도 없어?

오택 어.. 뭐 좀.. 애들은?

고주환 승현이가 채리 픽업해서 온다고 했어. 한잔해~.

27. 지하 굴다리 / N

뒤돌아 도망치는 윤세나, 이병민이 그런 윤세나를 쫓는데..
달리는 윤세나 앞에 또 이병민!
다시 뒤돌아 도망치지만, 어느새 다시 앞을 막아서는 이병민.
도저히 이동 불가능한 방향에서 계속 모습을 드러내는 이병민은.. 윤세나의 환영이다.

28. 레스토랑 복도 - 룸 / N

오승현과 고채리가 예약된 자리로 향한다. 채리는 어두운 표정의 오승현 보고,

고채리 아저씨 좋아하실 거야. 걱정 마. 응?

오승현 (괜찮은 척 웃음으로 대답한다)

두 사람 룸으로 들어서면, 보이는 오택.

고채리 아저씨! 오셨네요?

오택 어. 오랜만이다. 채리야.

오택, 채리와 인사하고 승현이와 눈 마주치는데 채리보다도 더 어색한 느낌..

오택 (전화가 울리자) 잠깐만. (자리에서 조금 비켜 전화 받는다) 여보세요?

고주환 (승현과 채리에게) 앉아앉아. 아우~ 뭘 시켜야 될지 몰라서 빈속에 술만 먹고 있다야. 승현이도 맥주?

오승현, 맥주 받으며 오택을 보는데.. 통화하며 점점 심각해지는 오택의 표정.

오택 (전화 끊고 다가와) 나 먼저 좀 가볼게.

고주환 (놀라) 지금?? 택아. 애들이 할 얘기 있다는데..

오택 미안. (오승현과 고채리 보며) 미안하다.

오승현 아빠!

오택은 나가버리고.. 오승현은 아빠의 모습에 많이 실망한 듯. 주환 가족은 눈치 본다.

29. 파출소 외부 - 내부 / N

경찰F 송민선씨 아시죠? 갑자기 길거리에서 알지도 못하는 남학생 목을 졸랐어요. 지금 와주실 수 있으십니까?

급한 걸음의 오택, 파출소로 들어선다. 구석의 윤세나 보이면, 여전히 불안한 모습..

경찰 어떻게 오셨어요?

오택 아 예.. 제가.. 송민선 보호잡니다.

30. 윤세나의 레지던스 건물 뒷골목 / N

오택이 윤세나를 데려다준다. 레지던스 건물 뒷문 앞에 다다르자..

윤세나 갑자기 눈앞에 이병민이 보였어요. 이런 적은 없었는데.. 약 때문 아니에요. 끊었어요. 금단증상 같은 거였나 봐요.

오택 ...

윤세나 그래도 아저씨한테 연락하지는 말았어야 했는데.. 떠오르는 사람이 없어서.. 죄송해요.

윤세나의 손은 여전히 떨리고 있고..
그 모습을 본 오택, 주머니에서 뭔가를 꺼내 내민다. 사탕이 담긴 조그만 틴 케이스.

오택 큰 도움은 안 되겠지만.. 난 담배 끊을 때 이만한 게 없더라고요.

윤세나, 고마운 듯 오택을 잠시 보다가 틴 케이스를 받는다.

윤세나 언제 하세요? 복수..

오택 ...곧이요.

윤세나 정말 제가 도울 수 있는 일은.. (오택의 눈치를 보다) 아니에요.

윤세나, 더 이상 말 못하고 레지던스로 향한다.

오택은 그런 윤세나의 뒷모습을 잠시 바라본다.

31. 화훼농원, 마당 / D

오택의 가족사진과 황순규의 사진이 보이는 가운데..
오택, 커다란 대형 해머를 끌고 화훼농원 마당 한가운데 폐우물로 향한다.
해머를 들어 올리고 크게 휘둘러 폐우물 봉인을 내리치면.. **쿵-**
쿵- 다시 한 번, **쿵-** 또 한 번, **쿵- 쿵- 쿵- 쿵-**
단단한 봉인은 난공불락처럼 끄떡없지만.. 힘주어 내리치는 오택. **으아아아!!!**
드디어 **쩍-** 봉인이 갈라지고.. 어둡고 깊은 심연이 드러난다.

32. 오택의 집, 거실 / N

퇴근한 오승현이 들어서면, 오택이 식탁에 밥과 반찬을 차리고 있다.
식탁 위에 조촐하게 놓인 흰쌀밥에 스팸 구이, 계란프라이, 빨간 소고기뭇국..
오승현은 레스토랑에서 나가버린 오택에게 여전히 마음이 상한 듯 표정이 좋지 않다

오택 왔어? 씻고 와. 저녁 먹자.
오승현 갑자기 왜 이래?
오택 그날 그렇게 가버려서 미안해. 급한 일이 생겨서. 할 얘기.. 뭐였어?
오승현 급한 일은 뭐였는데?
오택 ....

오승현 나 지금까지 일부러 안 물어봤어. 못 물어봤는데, 이젠 좀 알아야겠어. 뭐 하고 다니는 거야? 뭐 때문에 다들 아빠 눈치 보면서 그렇게 준비한 자리 무시하고 가버린 거냐고?

오택 채리 화 많이 났어?

오승현 아니. 내가 화났어.

오택 아빠가 사과할게.

오승현 말 돌리지 말고, 그냥 얘기해줘.

오택 ....

오승현 ....

오택 얘기해도 너 어차피 안 믿을 거잖아.

오승현 그럼 아빠는? 아빠는 누나 그렇게 되고 나서 나랑 제대로 대화 한 번 해본 적은 있고?

오택 .....

오승현 미안한데.. 나 저녁 먹고 왔어.

오승현은 자기 방으로 들어가버리고..
굳게 닫힌 아들의 방문을 바라보며 오택은 후.. 옅은 한숨을 내뱉는다.

FADE OUT

33. 이병민의 집 (꿈) / D

커다란 식탁. 상석에 앉아 있는 완고한 인상의 할아버지와 잘 차려입고 둘러앉은 중년 남녀들이 우아하게 정찬을 들고 있다.

메인 식탁이 보이는 아일랜드 식탁의 이병민은 식사하는 손님들을 보며 미소 지은 후 스윽스윽 칼갈이에 고기 써는 칼을 갈고..
앞에 놓인 커다란 로스트비프를 적당한 크기로 저미기 시작한다.
날이 잘 선 칼날이 고기를 가르자 기름진 붉은 육즙이 새어 나오고..

썰린 로스트비프 쟁반을 들고 식탁으로 가 가운데 놓는 이병민, 빈자리에 앉는다. 손님들이 썰린 고기를 나누어 가져가고..

이병민은 그 모습을 보며 핏빛 레드 와인이 담긴 와인 잔을 들어 마시기 시작하는데.. 한 모금.. 두 모금.. 세 모금..
이병민, 레드 와인 잔을 내려놓으면-
전체를 비추는 화면.
식탁의 손님들 모두가 눈, 코, 입에서 피 흘리며 죽어 있는 살풍경이 펼쳐진다.

입술에 묻은 레드 와인을 스윽 닦아내는 이병민, 씨이익 웃으면..

노현지E 뭐 좋은 꿈이라도 꿨어?

34. 이병민의 집 / D

노현지, 기분 좋은 미소를 띤 이병민을 보며 묻는다.
보면.. 이병민과 노현지는 뮤즐리와 그릭 요거트, 과일 따위로 아침 식사를 하는 중.

이병민 응?

노현지 자꾸 웃길래.

이병민 아.. 꿈을 꾸긴.. 꿨어.

노현지 무슨 꿈?

이병민 내가 꿈에서 외가 친척들을 다 죽였더라고.

이병민의 말을 들은 노현지. 눈만 껌뻑이며 아무 말이 없다. 정적이 흐르는데..

노현지 그거... 길몽이야!

이병민 ?

노현지 가족 죽이는 꿈 그게 아마 승리, 성공 이런 거 상징하는 꿈일걸? 오늘 올해의 기업인상, 자기가 수상하려나 봐!

이병민 (미소)

노현지 대충 가려고 했는데 안 되겠다 샵 들러야지. 자기도 메이크업 받아.

이병민 에이.. 나까지 뭘.. 그러다 못 받으면 창피해.

노현지 (이병민에게 다가가 입 맞추며) 나 믿어. 받을 거야.

35. 몽타주 : 이병민의 운수 좋은 날

- 수영장. 물살을 가르며 아침 운동하는 이병민. 터치하고 시계 확인. 기록이 좋다.

- 오딘바이오. 기분 좋게 출근하는 이병민, **펑**- 터트린 샴페인 소리에 놀란다.

임원 두바이에서 연락 왔습니다!! 계약하겠대요!

이병민 (놀라) 진짜요?

직원들 (함께 박수 쳐주며) 진짜 고생하셨어요~ 대표님!

이병민 (진심으로 좋아한다) 다 여러분 덕분이죠. 감사합니다.

– 산부인과. 의사가 초음파로 노현지 태중의 아이를 보며 말한다.

산부인과의사 애기 옷은 파란색으로 준비하시면 되겠네요.

이병민 (차마 소리는 지르지 못하고 좋아하면)

노현지 그렇게 좋아?

너무도 기뻐하는 이병민의 모습 위로,

주최자E 수상자는.. 오딘 바이오테크놀로지의 이병민 대표입니다.

36. 리셉션 홀 / D

품격 있게 세팅된 '올해의 기업인' 시상식장.
이병민, 기뻐하는 노현지의 축하를 받으며 무대로 나선다. 상을 받고..

이병민 와.. 오늘 정말 운수 좋은 날이네요. 하루 종일 생각지도 못한 좋은 일들이 연달아 일어났거든요. 그래서 상도 받으려나? 솔직히 조금 기대를 하긴 했는데.. 진짜 받았네요. 감사합니다. 어렸을 적에........

이병민의 수상 소감, 계속 이어지는 가운데..

DISSOLVE TO

37. 이병민의 집 앞 / D

이병민의 차가 와서 선다.

이병민 나 어디 좀 다녀올게. 먼저 들어가.

노현지 ?

이병민 (뒷좌석 트로피 가리키며) 저거 자랑 좀 하려고.

노현지 누구한테?

이병민 그냥 뭐. 여기..저기?

노현지 가끔 애 같다니까. 알았어. 가서 열심히 자랑하고 와. 너무 늦진 말고.

노현지가 차에서 내려 집으로 들어가면, 이병민은 출발하고..

38. 전원형 요양원 / N

#24에 등장했던 요양원. 이병민의 차가 지하 주차장으로 들어간다.

39. 전원형 요양원, 복도 / N

복도를 걷는 이병민, 손에는 트로피가 들려 있고..

40. 전원형 요양원, 1인실 / N

#24의 50대 중풍남자가 휠체어에 앉은 채 하염없이 창밖을 바라보고 있다.
그런 남자의 뒤로 이병민이 문을 열고 들어와 뚜벅뚜벅 걸어오는 것이 보인다.
이병민은 남자의 시선이 닿는 창가에 가져온 트로피를 올려둔 후 50대 남자를 본다.
마비로 제대로 말을 할 수 없는 50대 남자(이하 병민부)는 계속 얼굴을 구겨대며 알 수 없는 표정으로 이병민을 보는데..

이병민 아빠. 나 상 받았어.

병민부 (구겨진 얼굴에선 생각을 읽을 수 없고..)

이병민 그 대단한 외할아버지 도움 없이, 내 손으로 회사 만들어서 받은 상이야. 어때? 이제 만족해?

병민부, 트로피와 이병민을 번갈아 본다. 그러다 어느 순간...
바들바들 있는 힘껏 힘을 모아 트로피를 바닥에 던져버리는 병민부!!

이병민 왜? 왜?! 아직도 부족해?!

화가 치솟는 이병민이 아빠를 노려본다. 병민부도 구겨진 얼굴로 노려보면..
이병민, 바닥에 두 동강 난 트로피 발로 차고 병실 문을 박차며 나가버린다.

41. 전원형 요양원, 엘리베이터 / N

이병민, 씩씩거리며 엘리베이터로 와 열림 버튼 누르고,
잠시 후 문이 열리자 아무도 없는 엘리베이터에 올라탄다.
B2 버튼 누르고, 분풀이하듯 닫힘 버튼을 마구 눌러대는 이병민.. 문이 닫히는데....
턱- 닫히는 문을 막고 껴드는 손.
다시 문이 열리고.. 이병민, 짜증 내며 손의 주인공을 보면... 오택이다.

이병민은 어이없다는 표정으로 오택을 보는데..
오택은 이병민에게는 관심 없다는 듯 엘리베이터에 올라탄다. 문이 닫히고-

1층 버튼을 누르는 오택. 어색한 공기..
이병민은 자신의 앞에 선 오택의 뒤통수를 노려보고, 오택은 계속 앞만 보고 있다.
이병민이 위를 슬쩍 보면.. 엘리베이터 cctv가 두 사람을 향해 있고..
자기도 모르게 귀를 만지는 이병민..

띵- 엘리베이터가 서더니 문이 열리고 간호사들이 올라탄다.

간호사 (이병민을 알아보고) 안녕하세요. 오랜만에 오셨네요.
이병민 (오택 신경 쓰며) 네. 퇴근하세요?
간호사 네.

사람들이 가득 찬 가운데.. 다시 문 닫히고 출발하는 엘리베이터.
오택은 마치 갑자기 잊었던 기억이 떠오른 듯.. 뒤돌아 이병민에게,

오택 아! 어디서 본 적 있다 했더니.. 맞죠?

이병민 예? (간호사 눈치 보며) 사람 잘못 보신 것 같은데요?

오택 아니. 맞아요. 내 딸 죽이고 나도 죽이려고 했잖아요?

오택의 말에 간호사들이 놀라 이병민과 오택을 번갈아 본다.

이병민 사람 잘못 보셨다고요.

오택 아닌데. 맞는데.

이병민 (표정 유지하려 노력하며, 간호사에게) 이분 여기 환자세요?

간호사 아니신데.. (오택에게) 저.. 어떻게 오셨어요?

오택, 답 없이 빤히 이병민을 보는데.. 엘리베이터가 1층에 멈춰 서고 문 열리자

오택 또 봅시다.

인사하며 오택이 먼저 내린다.
이병민은 건물 출구로 걸어가는 오택을 지켜보고, 엘리베이터 문은 다시 닫힌다.

42. 전원형 요양원, 지하 주차장 - 지상 / N

띵- 소리와 함께 지하 2층 엘리베이터 문 열리고, 이병민이 간호사들과 함께 내린다.

자신의 차로 온 이병민. 운전석에 올라 시동을 켠다.
간호사들의 차가 먼저 주차장을 빠져나가는 것을 본 후..
천천히 차를 이동시키는 이병민.

이병민의 차가 지하 주차장에서 지상으로 빠져나오고..
이병민이 룸미러와 사이드미러로 주위를 살피면.. 사이드미러 구석.. 저 뒤편..
건물 앞에 세워둔 차 안에 숨어 자신을 지켜보고 있는 오택이 보인다.

이병민 뻔하기는..

43. 전원형 요양원 - 국도 / N

이병민의 차가 앞서 달리면 오택의 차가 뒤를 따른다.
룸미러로 뒤를 응시하며 달리는 이병민과.. 조용히 뒤따르는 오택..

오택이 살짝 거리를 두고 운전하던 사이..
사거리에서 우회전해서 들어온 차 2대가 이병민과 오택 사이에 끼어든다.
오택은 놓칠세라 차량들 너머 이병민의 차를 주시하며 운전에 집중하는데..
어느 순간.. 이병민의 차가 보이지 않는다.
계속 달려가다 보면, 국도변 갓길에 세워져 있는 이병민의 차.

이병민은 오택의 차가 앞서 달려가는 것을 확인하고, 오택 차를 뒤따르려는데..
오택이 자기 차를 국도변 갓길에 세워버린다.
갓길. 약간의 거리를 둔 채 세워져 있는 오택과 이병민의 차.
가로등 불빛이 밝은 길거리엔 계속 차들이 지나가고..

차 안에서 서로를 응시하고 있는 두 사람 사이에선 긴장감이 흐르는데-

잠시 그렇게 서 있던 두 사람 중 먼저 움직이는 건 이병민.
이병민은 뭔가를 결심한 듯 앞서 움직이고, 오택은 다시 바짝 붙어 뒤따른다.

직진하던 이병민이 급회전해서 우회로로 빠져나가면..
역시 급회전으로 이병민의 차를 따라 우회로로 빠져나가는 오택..
이병민이 **부우웅-** 액셀을 밟으며 전속력으로 질주하면..
오택도 풀 액셀을 밟아 뒤쫓는다.

질주하듯 달리던 이병민, 오택이 잘 따라오고 있는지 확인하곤..
국도변 폐휴게소로 핸들 돌린다!
오택도 이병민의 차가 폐휴게소 쪽으로 사라지는 걸 확인하고 액셀 밟으면-

44. 국도변 폐휴게소 / N

폐휴게소로 들어선 오택의 차. 그런데... 이병민의 차가 보이지 않는다!
오택은 고개 돌려 이병민의 차를 찾는데-
순간, **부앙-----**
뒤쪽 어둠 속에 숨어 있던 이병민의 차가 오택의 차를 들이받을 듯 돌진해온다!
오택, 즉각적으로 R 기어 넣고 액셀 콱- 밟으면..
쿵--- 충돌하는 두 사람의 차!
한 치의 양보 없이 액셀을 밟아대는 두 사람.. 두 차는 힘겨루기를 시작하고..
제자리에서 도는 타이어에선 연기가 피어오르는데-
빠르게 회전하던 오택의 차 타이어가 버티지 못하고 **펑-** 터져버리자,

오택의 차가 **끼기기긱-** 조금씩 밀리기 시작한다.
오택, 급히 사이드 브레이크를 채워 방어하면-

이병민은 다시 오택 차를 들이받기 위해 후진.
오택 역시 사이드 브레이크 내리고 공격할 준비-
이병민과 오택, 다시 한 번 서로를 향해 돌진하는데...............
쾅-!! 어디선가 나타난 승합차가 이병민 차를 옆에서 들이받는다!
끼익- 이병민 차가 돌며, 에어백 터지고.. 순간적으로 정신을 잃는 이병민..
그사이 오택, 보면.. 승합차의 운전석.. 윤세나다!
당황한 오택, 차에서 내려-

오택 뭡니까?! 언제부터 쫓아온 거예요?!

승합차에서 내리는 윤세나.. 떨고 있다.

윤세나 돕고 싶었어요.
오택 하아..

이병민이 정신을 차린 듯.. 고개가 움직인다.
오택, 그걸 보더니 자신의 차로 향하고-

에어백이 터진 차 안.. 얼핏 정신을 차린 이병민이 사이드미러로 보면..
어렴풋이 보이는 서 있는 여자..

이병민 세나..?

그때 운전석 유리창 너머로 등장하는 방독면을 쓴 오택,

콰직- 소화기처럼 생긴 가스통으로 이병민 차 앞 유리를 깨고 가스를 분사!
치익- 하얗게 가스가 차오른다.

FADE OUT

45. 화훼농원 / N

텅 빈 화훼농원 가운데.. 바닥에는 비닐이 깔려 있고..
이병민은 정신을 잃은 채 팔과 다리가 의자에 덕트 테이프로 단단히 결박되어 있다.
그런 이병민의 얼굴을 가만히 보고 선 오택..
끓어오르는 분노를 참을 수 없다는 듯 따귀를 때리기 시작한다.
짝- 짝-
이병민은 정신을 차리지만.. 오택의 분노는 계속되고..
짝- 짝- 짝- 짝-!
오택, 후.. 후.. 숨을 고르며 잠시 흥분을 가라앉히는데..
고통을 모르는 이병민은 새빨개진 얼굴에도 전혀 동요 없이 오택을 노려본다.
그 모습에 다시 분노가 치솟은 오택은 이병민의 턱에 주먹을 날린다. **퍽-**
쿵- 이병민이 의자째 넘어지고.. **퉤-** 짜증 난다는 듯 피를 뱉어내면..
오택은 이병민이 묶인 의자를 들어 바로 세운다. 그리고..
이병민에게 잘 보이는 테이블로 가 전지가위, 그물칼, 토치 등을 바라보는 오택.
입이 터져 피가 흘러나오는 이병민은 그런 오택의 뒷모습을 바라보는데..
오택, 순간 전지가위를 집어 들더니 성큼 다가가 이병민의 왼손 검지를 붙잡는다.
썰컹- 순식간에 일은 벌어지고..

이병민 이런 씨발!!!!

오택은 자른 이병민의 손가락을 테이블 위에 툭- 던지더니,
약간의 개조를 거친 석션기 호스를 가져와 이병민의 잘려나간 검지 절단면에 연결.
그리고 이병민의 눈앞에서 리모컨을 누르자,
위잉- 기계가 작동되며 석션기의 투명한 병에 피가 채워지기 시작한다!

이병민 뭐 하자는 거야 지금?

오택, 대꾸 없이 이병민의 선혈이 채워지는 석션병을 보다가 리모컨을 눌러 석션기 작동을 멈춘다. 보면.. 표시해둔 파란 선까지 피가 차올랐다.

오택 지금부터 스무고개를 할 거야. 대답하지 않으면 피를 뽑을 거고. 아무리 니가 고통도 두려움도 모른다 해도 하나는 확실하지. 죽는 건 싫어한다는 거. 그러니까 조금이라도 더 살고 싶으면, 내가 묻는 말에 대답하는 게 좋을 거야. 사람 몸에 피는 고작 4리터밖에 없으니까. (석션병에 표시해둔 빨간 선 가리키며) 빨간 선을 넘기면, 넌 죽어.

이병민 (오택을 물끄러미 보다가) 많이 변했네..?

오택 덕분에.

오택, 이병민 앞에 의자를 가져와 앉는다.

오택 너랑 금혁수는, 공범이야.

이병민 질문이야?

오택 (무시하고) 승미하고 사귄 건 니가 아니라 공범 금혁수였고. 그러

니까 남윤호 장례식장에서 승미를 만난 사람.. 유기견 보호소에서 우연을 가장해 승미한테 접근한 사람은 사실 금혁수였던 거야. 맞아?

이병민 음.. 네.

INS.

(3화, #28, #30 / 5화, #33) 장례식장. 환하게 웃고 있는 남윤호의 영정 사진과 빈소의 황순규 보이면.. 조문객들 사이 앉아 있는 남자는 이병민이 아닌 '금혁수'. 오승미는 '금혁수'에게 다가가 티슈를 건네고 어깨를 다독이는데.. 전화 끊으며 장례식장 안으로 들어서던 이병민이 오승미를 흥미롭게 보는 '금혁수'의 표정을 본다.

INS.

(5화, #39) 유기견 보호소. 탐탁지 않은 시선의 이병민 보이면.. 이병민이 보고 있는 풍경은.. 연인들처럼 물장난 치고 있는 '금혁수'와 오승미.

오택 왜 그랬어? 그날 밤 나한테 승미 남자친구인 척했던 이유가 뭔데? 승미를 좋아했던 거야?

이병민 아니. 오승미는 내 스타일 아닌데?

오택 그럼.. 니가 원했던 게.. 승미가 아니라 금혁수였어?

이병민 (어이없어하며) 뭔 소리야..

오택 금혁수가 승미랑 사귀면서 너한테 소홀하니까 질투가 났던 거냐고?

이병민 나 남자 안 좋아해요.

오택, 리모컨을 누른다. 위잉- 석션기가 돌며 이병민의 피를 뽑아내고..

이병민 하아.. 맞는 걸로 해 그럼. 근데 질투가 아니라 화가 난 거지. 같이 오승미 죽이기로 해놓고선 안 죽이겠다잖아.

오택, 리모컨으로 석션기를 멈춘다. 찰랑거리는 피..

오택 그래서 금혁수랑 사이가 틀어진 거야? 승미 때문에?
이병민 (탈수 증세로 갈증이 나는지 혀를 날름거리며) 네..

INS.
(5화, #41과 #42 사이 어느 지점) 한국대병원 뒤. 의사복 차림의 '금혁수'와 이병민이 언쟁을 높인다.

이병민 *오승미 언제 죽여?*
금혁수 *안 죽여.*
이병민 *안 죽인다고? 왜?!*
금혁수 *마음 바꿨어. 평생 가지고 놀 거니까 건드리지 마.*

(현재) 화훼농원.

오택 그럼 고시원에 불 지른 건 너 혼자 한 일이었겠네?
이병민 (기계적으로) 네.

INS.
(5화, #41과 #42 사이 어느 지점) 한국대병원 뒤 계속.

이병민 *내가 전에 얘기한 건?*
금혁수 *고시원? 그건 내가 하지 말라고 했지. 한꺼번에 사람 그렇게 많이*

죽이면 분명 꼬리 잡힌다니까!

두 사람의 언쟁을 구석진 곳에서 정이든이 지켜보고 있고-

INS.

(5화, #40) 이병민, 고시원에 불을 지르고 나서는데 정이든이 막아선다. 그런 정이든의 얼굴에 비닐봉지를 뒤집어 씌우는 이병민..

오택E 그러다 남윤호 죽인 놈을 쫓던 정이든 때문에 문제가 생긴 거야?

(현재) 화훼농원.

이병민 정확히는, '남친을 의심한 오승미의 연락을 받은 정이든' 때문에 문제가 생긴 게 맞지. 결과는 같아도, 완전히 다르잖아.

오택 금혁수를 쫓던 정이든이 너희 두 놈이 공범인 걸 알아채고 너까지 미행한 거라고?

이병민 아마도?

오택 그래. 정이든은 널 막으려다 실패했고, 세탁기 안에 들어가서 살아남았어. 그리고 한국대병원으로 실려갔지. 금혁수가 근무하던 시간이었으니까 금혁수는 병원에서 정이든을 발견했을 거야. 맞지?

이병민 네. 그랬죠.

INS.

(5화, #44) '정이든' 환자 이름표가 붙은 중환자실 병상에 누워 있는 정이든. 한 의사가 정이든에게 다가가 선다. 의사의 이름표가 클로즈업되면.. 금혁수. 화면이 더 위로 올라가면.. 얼굴이 드러나는데, '금혁수'다.

오택 금혁수는 지 아빠 이철상도 증거 하나 안 남기고 죽일 정도로 자기 절제를 잘하는 놈이야.

INS.

(과거) 오택의 방. 오택, 금혁수 관련 기사를 본다. 헤드라인 ***'희대의 연쇄 살인마 금혁수는 아버지도 살해했나? 흔적 하나 없이 사라진 이△□ 미스테리.'***

오택 널 파트너로 끌어들인 이유도.. 노숙자들만 골라 죽인 이유도.. 완전범죄를 위해 택한 방법이었을 거고.

이병민 그건 금혁수한테 물어봐야죠.

오택 그런 금혁수라면, 정이든을 보고 화가 많이 났을 거야. 너 때문에 자기까지 위험해졌으니까.

이병민 와.. 추리 잘하시네? 멋있어.

짝- 오택이 비아냥대는 이병민의 뺨을 올려붙인다.

오택 허세 부리지 마. 니가 어떤 놈인지 잘 아니까.

이병민 (진지해지며) 내가 어떤 놈인데?

오택 금혁수 허드렛일이나 하던 졸개놈. 그런 놈이 허락도 없이 혼자 일 저지르다 목격자까지 남겼으니 얼마나 화가 났겠어.

이병민 (표정이 굳으며) 뭐..? 지금 뭐라고 했어?

오택 내 말이 틀려? 너 금혁수 없인 아무것도 못하는 놈이잖아. 고등학교 때부터 그랬어. 교환소설? 거기 모든 살인의 방식을 제시한 건 니가 아니라 윤세나던데? 창의력이라곤 쥐뿔도 없잖아 넌. 그런 니가 뭘 할 수 있었겠어? 그저 금혁수가 시키는 잡일이나 했겠지. 아냐?

이병민 말이 심하시네..?

오택 그래서.. 화가 난 금혁수가 널 죽이려고 했어?

이병민 (기분 나쁜 표정으로 오택을 보면)

46. (과거) 파주, 사료 공장 + (현재) 화훼농원 / N

(과거) 사료 공장. 이병민이 들어오는데 먼저 와 있던 '금혁수' 표정이 심상치 않다.

금혁수 *고시원, 하지 말랬지? 이제 어쩔 거야?*

이병민, '금혁수' 눈치 보며 잠시 테이블에 기대고 있다가

이병민 *정이든 그 병원이라며? 죽여주면 안 돼?*

'금혁수', 짜증 내며 테이블 위에 올려둔 음료수 둘 중 하나를 벌컥벌컥 마신다.

이병민 *죽여줄 수 있지? 할 수 있잖아?*

금혁수 *조용히 해! 생각 좀 하게.*

이병민은 화가 난 '금혁수' 눈치를 보며 남은 음료수 하나를 따 마시고..
'금혁수'는 음료수 마시는 이병민을 슥 본다.

(현재) 화훼농원.

오택 대답해! 금혁수가 널 죽이려고 했던 거냐고?

이병민 (입을 다물고) ....

오택, 다시 리모컨 버튼 눌러 석션기를 작동시키지만.. 이병민은 대답하지 않는다.

(과거) 사료 공장. 이병민, 갑자기 핑- 현기증을 느끼며 비틀거린다.

이병민 *(당황하며 눈을 껌뻑껌뻑) 뭐야? 왜.. 이래? (음료수를 본다)*

금혁수 *모든 일에는.. 대가가 따르는 거야. 병민아.*

이병민 *나한테.. 어떻게 이럴 수가 있어..?*

INS.

(과거) 오택의 방. 오택, 경찰 보고서 사본에서 금혁수 자료를 본다.

오택E 밀항브로커를 접선한 것도, 선금을 보낸 것도 니가 아니라 금혁수였어.

(현재) 화훼농원.

오택(연결) 그러니까 그날의 밀항 계획을 세운 건 금혁수야. 너한텐 그런 능력이 없잖아.

(과거) 사료 공장. '금혁수', 가슴을 붙잡고 괴로워하는 이병민에게 말한다.

금혁수 *난 널 죽이고 (액화 폐사축 처리기 보며) 저 기계에 넣어서 녹여버릴 거야. 그렇게 너란 존재가 세상에서 완전히 사라지면, 내가 모*

아뒀던 폴라로이드 사진들을 니 사물함에 숨겨놓고 목포로 가는 거지.

이병민 *(괴로워하며 금혁수의 이야기를 듣는다)*

금혁수 *아, 목포 가는 길에 살인 몇 개 더 하면서 일부러 증거도 흘려야겠네. 범인이 너라는 데 이견이 없을 명백한 증거.*

이병민 ...

금혁수 *목포에 도착하면 밀항선을 탈 거야. 물론 진짜로 밀항할 생각은 아니고. 경찰이 살인마 '이병민'이 밀항했다고 믿게만 만들면 되니까.*

(현재) 화훼농원. 석션기에 차오르는 이병민 피의 수위는 빨간 선 가까이 다가간다.

오택 나한테 뭐라고 했었지? 고통을 모르면 강해진다고? 사람이 사람을 죽이면 강해져? 금혁수 졸개에 불과한 니가 그런 말할 자격이 있나?

이병민 (자존심 상한 듯 노려본다)

오택 나한테 승미 남자친구인 척했던 이유도 그거잖아. 금혁수가 되고 싶어서! 열등감 때문에 미칠 것 같았어? 그래서 승미의. 머리를. 능멸한 거야?! 금혁수한테 버림받은 게 억울해서? 일인자가 돼 보려고?! 금혁수는 어떻게 했어? 니가 죽였어? 말해! 죽기 싫으면!!!

출혈로 인해 빈혈, 갈증과 눈떨림이 찾아오지만 오택을 죽일 듯 노려보는 이병민..

이병민 나야!!!!!!!

(과거) 사료 공장. 주저앉은 이병민을 차갑게 내려보던 '금혁수'가 갑자기 가슴을 부여잡고 주저앉는다. 이병민은 씩 웃으며 일어서 당황하는 '금혁수'를 내려다본다.

이병민 금혁수를 죽인 것도 나고!!

INS.

(플래시백) 처음 사료 공장에 들어서던 이병민, 금혁수의 눈빛에서 살기를 느끼고.. 테이블 위에 놓여 있는 음료수 병 2개를 본다. 테이블에 기대는 척.. 금혁수 시선의 사각지대에서 음료수 병 2개의 위치를 슥- 바꾸는 이병민.

이병민 오승미를 죽인 것도.

(과거) 사료 공장. 이병민이 액화 폐사축 처리기를 닫고 스위치를 올리면.. ***우웅-*** *돌아가기 시작하는 기계. 이병민은 오승미의 학생증을 기계에 붙인다.*

이병민 그날의 계획을 완성한 것도 다 나라고!!!!!

47. 몽타주 (2020년 4월 17일 ~ 18일)

- 금혁수 집. 해부학 원서 안에 고시원 사람들 폴라로이드를 넣는 이병민.

- 한국대병원, 중환자실. 주사기 속 투명 액체를 정이든 링거 호스에 주입하는 이병민.

– (2화, #7) 조수석의 이병민, 자신을 소개. **"금혁수예요."**

– (2화, #2 어느 시점) 캠핑카 냉장고에 일부러 지문을 눌러 남기고-

– (4화, #3 뒤 상황) 뒤집힌 택시 안에 채혈용 튜브 속 '금혁수' 피를 뿌리고-

– (5화, #28 앞 상황) 손경사 시체에 채혈용 튜브 속 '금혁수' 핏방울을 똑똑-

– (2020년 4월 18일 토요일 새벽) 먼바다로 나아가는 픽업 보트 위의 이병민, 흘깃 손을 보면.. 가짜로 붙여둔 '금혁수'의 지문이 살짝 떨어져 너덜거린다. 이병민, 찌익- 가짜 지문을 뜯어내 바다에 버린다. 홀가분하게 바닷바람을 맞는다.

48. 화훼농원 / N

이병민 다.. 내가 죽였어. 금혁수가 아니라, 내가!

감정을 쏟아낸 이병민.. 심호흡하고..
오택, 천천히 리모컨을 눌러 석션기를 멈춘다. 빨간 선 직전에 멈춰 찰랑거리는 피..
말없이 일어나 뒤로 향하는 오택.. 테이블에 숨겨둔 카메라를 꺼내 든다.
당황하는 이병민..
오택, 카메라를 리플레이해 촬영본을 확인한다.

화면 속 이병민E 금혁수를 죽인 것도 나고!! 오승미를 죽인 것도. 그날의 계획을 완성한 것도 다 나라고!!!!! 다.. 내가 죽였어. 금혁수가 아니라, 내가!

오택, 카메라를 끈다.

이병민 이건 반칙이지.. 그걸로 뭐 하게?
오택 살해되고 잘린 자식 머리를 본 부모 마음이 어땠을 거 같아?
이병민 그건 내가 모르지.
오택 그럼 니가 살인마인 걸 알게 된 니 가족들 마음은 어떨까?
이병민 ?!
오택 이 영상을 세상에 뿌려서 니 부모, 아내, 자식.. 니 핏줄 모두가 고통 속에 살게 할 거야. 승미를 잃고 내가! 우리 가족이 겪었던 고통을 똑같이 니 놈 가족도 느끼게 할 거라고.
이병민 미쳤어? 그거 까면 당신도 감옥 가!
오택 그 정도는 각오하고 있어.
이병민 미친 인간이.. 그거 지워! 지우라고! 차라리 날 죽여 이 싸이코야!
오택 널 죽이지 않겠다고 한 적은 없어.
이병민 ?!

오택, 준비한 고문 도구들을 보며 이야기를 이어간다.

오택 윤호어머님이 돌아가실 때 그랬어. 니 놈이 꼭 죗값 받게 해달라고. 니 죗값은 죽음으로도 부족해. 그러니까 넌 살아 있을 때도, 죽은 뒤에도 대가를 치러야 해. 니가 한 말 기억나? 벌 받게 하고 싶으면 혀를 뽑고 눈을 지지라고.. 손가락 발가락을 자르라고 했던 말. 토씨 하나 빼놓지 않고 다 기억하고 있어. 널 죽이기 전에 그 말 그대로 해줄게.

이병민 그게 나한테 통할 거 같아?!

오택, 화훼농원 한쪽에 세워져 있던 커다란 거울을 끌고 와 이병민의 앞에 놓는다.

오택 고통을 모른다고 해도 사지가 잘려나가는 걸 보는 건 괴롭겠지. 화가 나겠지. 그거면 충분해. 그러니까 두 눈 똑바로 뜨고 봐. 니 팔다리가 어떻게 잘려나가는지.. 니가 어떻게 죽어가는지.

이병민 (무력감에 고개를 숙이며) 씨발..

오택, 패색 짙은 채 고개 숙인 이병민을 보고 돌아서서 테이블 위 도구들을 고른다.

이병민 ...똑같네. 자기가 이겼다고 생각하는 게. 금혁수도 그랬는데..

오택 (무시하고, 개안기를 손에 쥐고 잘 작동하는지 확인하는데..)

이병민 순진해 다들.. (고개 들고) 기사님.. (반응 없자) 기사님!!

오택 (돌아서 보면)

이병민 선물이 있어요! (입고 있는 재킷 턱짓하며) 여기 안주머니에. 내가 손이 묶여서 꺼낼 수가 없네.. 좀 꺼내줄래요?

오택 (뭔가 꺼림칙하다)

이병민 빨리 꺼내봐요. 후회 안 할 테니까..

갈등하던 오택, 결국 다가가 이병민 재킷 안주머니에 손을 넣고 잡히는 걸 꺼낸다.
재킷 안에서 나온 건.. 태아가 찍혀 있는 초음파 사진.

오택 (인상 쓰며) 임신한 아내가 있으니까 살려달란 거냐?

이병민 아닌데.. 거기 써 있지 않나..

오택, 다시 보면.. 초음파 사진 아래 귀엽게 적혀 있는 글씨.. **'고채리♡오승현'**

이병민 (씨이익 웃음) 기사님. 손주.. 보고 싶지 않아요?

49. 서문 경찰서, 로비 - 주차장 / N

김중민이 이형사, 박형사, 최형사와 함께 주차장으로 향한다.

김중민 고생했다 다들.

박형사 와.. 우리 며칠 만에 집에 가는 거예요?

김중민 내일은 진짜 오랜만에 푹들 쉬자. 알았지?

이형사 네. 들어가십시오.

형사들 각자 사라지고, 김중민은 주차된 자신의 차로 가 문을 연다.
차에 타려는데.. 울리는 전화. 보면 '오승현'이다.

김중민 (전화 받으며) 어 승현아. 이 시간에 웬일-

오승현F 형사님!!

김중민 너 목소리가 왜 그래?

오승현F 도와주세요! 아빠가.. 사람을 죽일 거 같아요!

50. 화훼농원 / N

충격에 사로잡힌 오택이 초음파 사진을 손에 든 채 어쩔 줄 몰라 하면..
이병민은 이 상황이 재밌는 듯 오택을 바라보고..
두 사람의 시선이 충돌하는 순간-

9화

눈에는 눈,
이에는 이

1. 고급 주택 단지, 이병민의 집 앞 / N

(8화, #15) 고요한 이병민의 집 전경이 보이는 가운데,
대문이 열리고 이병민이 나온다. 신발 끈이 풀렸는지 끈을 묶는데..
어딘가에서 들리는 **땡그랑**- 소리.
이병민, 소리 나는 쪽을 보면...
아주 찰나의 순간.. 오택이 뒤로 물러나며 어두운 그림자 속으로 몸을 숨긴다!
때마침 대문에서 나오는 노현지 소리가 들리자 고개 돌려 노현지를 반기는 이병민.
노현지와 함께 사라지며, 씨익 웃는 이병민의 얼굴에서-

9화

눈에는 눈, 이에는 이

2. 화훼농원 / N

이병민의 재킷 안에서 나온.. 태아가 찍혀 있는 초음파 사진을 보고 있는 오택.
초음파 사진 아래 적혀 있는 글씨.. **'고채리♡오승현'**

이병민 (씨이익 웃음) 기사님. 손주.. 보고 싶지 않아요?
오택 !!!

충격에 사로잡힌 오택이 초음파 사진을 손에 든 채 어쩔 줄 몰라 하면..

이병민 몰랐나 보네? 기사님은 나 찾아서 복수하겠다고 그 고생을 하고

다녔는데, 그사이 아들놈은.. 쯧쯧.

오택 어떻게.. 어떻게.. 니가.. 왜..

3. 오택의 집 / N

오승현 어제 저녁때부터 기분이 이상했어요. 뜬금없이 아빠가 밥을 차려줬는데.. 뭔가.. 오래 못 볼 사람 같은 느낌..

오승현, 집으로 찾아온 김중민과 이야기 중이다.

오승현 하루 종일 마음에 걸렸는데.. 퇴근해서 집에 왔더니 이게.. 제 책상 서랍에 있더라고요..

오승현이 보여주는 건 로또 당첨금을 입금 받았던 VIP 통장. 9억 정도가 남아 있다. 그리고 오택이 남긴 도장과 쪽지. **'비밀번호 : 0807'**이 적혀 있고..

김중민 갑자기.. 이 돈을 남기셨다고?

오승현 그게 다가 아니에요.

4. 오택의 집, 오택의 방 / N

김중민이 오승현과 함께 오택의 데스크톱에서 인터넷 방문 기록을 확인한다. **'마취 가스'**, **'대동맥'**, **'과다 출혈'**, **'대포차'**, **'신체 절단'** 등의 키워드들이 보이고..

김중민은 걱정스런 표정으로 핸드폰 꺼내 **'오택기사님'** 전화 걸어보는데.. 꺼져 있다.

오승현 전화 안 받아요. 계속 꺼져 있어요.

5. 화훼농원 / N

마음 급해진 오택은 주머니에 넣어두었던 핸드폰 2대를 꺼낸다.
폴더폰(대포폰)과 전원을 꺼놓은 오택의 폰.
오택, 전원 버튼을 눌러 자신의 폰 켜고, 다급하게 '고채리'를 찾아 전화 건다.

이병민 고채리? 당연히 꺼져 있지..

전원이 꺼져 있다는 안내음 들려오자 절망하는 오택..

이병민 그럼 이제, 대화다운 대화를 좀 해볼까요?

승리자가 된 듯한 표정으로 고개를 쳐드는 이병민..
오택과 이병민의 시선이 부딪히면-

6. 오택의 집, 오택의 방 / N

김중민이 가장 최근 기록을 클릭해서 들어간다.

'오딘 바이오테크놀로지' 홈페이지 속 CEO 이병민의 인사말 페이지.
김중민, 젠틀한 미소 띠고 있는 이병민의 얼굴을 잠시 보는데-

김중민 (전화 울리자 받는다) 어, 준호야.

최형사F 김형사님. 좀 전에 오기사님 휴대폰 켜졌습니다.

김중민 !!

최형사F 바로 꺼지긴 했는데, 기지국 위치 잡았어요. 영택시 원궁읍입니다.

김중민 원궁읍..?!

최형사F 아세요?

김중민 ...오기사님 어딨는지 알 거 같다.

오승현 (보면) ?

7. 화훼농원 / N

오택 채리한테... 무슨 짓했어?

이병민 (턱짓으로 카메라 가리킨다) 저거요. 저거 먼저 지우세요. 우리 대화는 그다음이에요.

오택, 리모컨을 턱- 잡더니 다시 석션기를 작동시키기 시작한다.

이병민 대화로 하죠? 시간 낭비하지 말고.

투명한 병에 다시 피가 채워지기 시작하면, 금세 피는 빨간 선에 다다르고-

이병민 이렇게는 내 입 못 열어.

오택 채리 어쨌는지 말해!

이병민 듣고 싶으면 이딴 짓 말고, 저거부터 지우라고!

오택과 이병민, 서로를 노려보며 기싸움을 벌인다.
어느덧 빨간 선을 넘어선 피의 수위는 계속 높아져가고..
과다 출혈로 인해 발작에 가깝게 부들부들 떨기 시작하는 이병민..
그럼에도 오택과 이병민은 서로에게 눈을 떼지 않는데-

오택 말해!

이병민 (절대 입 열 생각 없다는 표정) ....

피의 수위는 위험 수치를 훌쩍 넘어서고..
지독하게 버티는 이병민을 노려보던 오택의 동공이 흔들린다.
카메라와 석션기, 이병민을 번갈아 보며 갈등하는 오택..
결국 STOP 버튼 누르면, 석션기는 공명음을 멈추고.. 차오르던 피의 수위가 멈춘다.

오택 대화를 원해? 좋아. 하자.

이병민의 입가에 씩 피어오르는 미소..
오택, 카메라 쪽으로 가 메모리 카드를 뽑는다.
그리고 이병민에게 다가가 보는 앞에서 메모리 카드를 부러뜨리면,

이병민 확실히 해야죠. 주세요. (혀를 내민다)

기막혀하며 이병민 혀에 부러진 메모리 카드를 올리는 오택.
이병민은 자신의 자백이 담긴 메모리 카드를 물도 없이 꿀꺽 삼킨다.

오택 말해 이제.

이병민 어제 뭐 하셨어요?

INS.

(8화, #32) 아들 승현을 위해 저녁 식사를 차리던 오택.

오택 묻는 말에나 대답해.

이병민 아니, 맨날 내 뒤만 졸졸 따라다니던 기사님이 어제는 안 보이더라고.

8. (어제, 늦은 오후) 고주환의 카센터 / D

차를 모는 이병민, 어딘가로 들어서면.. 고주환의 카센터다.

고주환 어서 오세요~!

이병민 (차에서 내리며) 브레이크가 좀 밀리는 것 같아서요.

고주환 네. (사무실 쪽 가리키며) 저쪽에서 잠시만 기다려주세요.

대기를 위해 사무실 쪽으로 향하며.. 이병민은 두리번거리며 누군가를 찾는다. 서성이며 통화 중인 오승현의 뒷모습 보이자 아닌 척 통화에 귀 기울이고-

오승현 미안해. 아빠한테 아직 얘기도 못 꺼냈는데.. 여행 간다는 게 좀.. 조만간 말해야지.. 할 거야. 곧 할 거라니까. 그러니까 다음에-

상대가 먼저 전화를 끊은 듯.. 오승현은 머뭇거리다 작업장 고주환 쪽으로 간다.

고주환 오늘 채리랑 여행 간다며? 퇴근 안 해?

오승현 안 가기로 했어요.

고주환 왜? (승현 안색 살피고) 아직 택이한테 임신한 거 말 못했구나.

대화를 엿듣는 이병민.. 관심이 가는 표정이다.

고주환 아이고 채리 고거 어쩌냐? 여행 간다고 좋아 죽더만.

오승현 혼자라도 가겠대요.. 죄송해요 아저씨.

고주환 아냐. 나한테 뭐가? 나중에 채리랑 화해나 잘해. 걔 엄마 닮아서 승질 나면 무섭다~.

이병민, 폰을 꺼내 고채리의 SNS에 들어가본다. 온통 고양이 사진들이 가득하다.

9. (어제 저녁) 주택가 골목 / N

한적한 골목. 고채리가 여행용 캐리어를 끌며 걷는데..
주택과 주택 사이, 어둡고 비좁은 골목 안에서 새끼 고양이 소리가 들린다.
야옹..
고채리가 보면, 골목 안 개구멍 쪽으로 고양이 사료 캔을 흔들고 있는 이병민.

이병민 (고양이 사료 캔 흔들며) 일로 와. 쭈쭈쭈- 나와서 이거 먹어.

이병민, 문득 고개를 들다가 고채리와 눈 마주치자 어색하고 착한 미소..

고채리 (호기심과 경계심 사이에서) 거기.. 냥이 있어요?

이병민 (머리 긁적이며) 네. 다쳐서 도와줘야 할 것 같은데.. 안 나오네요. 제가 무서운가..

고채리 ...

이병민 (캔 내밀며) 한번 해보실래요?

머뭇거리던 고채리가 캐리어 두고 이병민이 있는 어두운 그림자 속으로 들어가면-

10. 화훼농원 / N

오택 왜.. 왜 채리였어?

이병민 무슨 영화였더라.. 그것도 로버트 드니로 나오는 거였는데.. 로버트 드니로가 복수하려는 사람 집 개를 죽여요. 개 주인은 분명 누구 짓인진 알겠는데.. 증거가 없거든. 그러니까 돌아버리는 거죠. 개 다음엔 뭘까 불안해 미치겠고..

오택 (뭔 소리냐는 눈빛으로 보면)

이병민 고채리가.. 그 개예요. 개 주인은.. (오택을 보며) 아시죠?

오택 채리를.. 죽였어?

이병민 비유가 그렇다는 거고. 안 죽였어요.

오택 채리 지금 어딨는데?

이병민 세나 지금 어딨어요?

오택 ....뭐?

이병민의 여유롭던 표정은 사라지고 무표정한 얼굴에 서늘한 눈빛이 장착된다.

이병민 거래하자고. 고채리 대 윤세나. 일대일. 공평하게.

오택 (세나 이야기가 나오자 당황하며 보면)

이병민 세나가 기사님한테 붙을 줄이야. 배신의 대가는 치러야지. 윤세나 넘겨요.

오택 니 말대로 메모리 카드 없앴잖아!

이병민 그래서 채리 어떻게 했는지 말해줬잖아! 어디 있는지는 다른 문제지!

분노가 솟아오르는 오택, 그대로 돌진해 이병민을 의자째 넘어뜨린다.
이병민 위로 올라타 목을 조르며,

오택 채리 어딨는지 말해!

이병민 세나는?

오택 말해! 안 하면 죽여버리겠어!

이병민 큭큭. 기사님, 나 못 죽이잖아. 나 죽으면 고채리도 죽는다니까?

멈칫- 이병민을 바라보는 오택.. 불현듯 그날 밤의 기억이 떠오른다.

INS.

(5화, #22) 지금과 같은 자세로.. 오택은 이병민의 위에 올라타 목을 졸랐고.. 이병민은 똑같은 말을 했던 그날 밤..! **"큭큭. 기사님, 나 못 죽이잖아. 나 죽으면 오승미도 죽는다니까?"**

오택 너...

INS.

(5화, #22) **"원래는 오승미, 오늘 아침에 죽이려고 했는데.. 안 죽였어요."**

INS.

(6화, #74) **"안 죽였다며.. 안 죽였다고 했잖아!!!!" "그걸 믿었어요? 정말?"**

INS.

(6화, #72) **"보고 싶었거든. 자식 잃은 부모의 낯짝을."**

오택, 금혁수의 목에서 손을 떼며 천천히 몸을 일으킨다.

오택 너... 채리... 이미 죽였구나....!

INS.

(6화, #71) 방파제에서 봤던 검은 비닐봉지(승미 머리가 담긴).

오택은 눈을 질끈-

이병민 진정해요. 그래. 그렇게 생각할 수 있지. 근데...

순간, 오택.......
넘어져 있는 이병민의 의자 등받이를 턱- 잡더니 어디론가 끌고 가기 시작한다!

이병민 뭐야? 왜 이래?

지익- 지익- 의자를 끄는 오택의 얼굴에 보이는 굳은 의지..
이병민, 끌려가며 심상치 않은 상황을 직감한다.

이병민 어디 가냐고?!

11. 화훼농원, 마당 / N

오택, 뒷마당으로 끌고 온 의자를 입구를 부순 폐우물에 기댄다.
의자에 결박된 채 금방이라도 뒤쪽 우물로 빠질 듯 기우뚱하게 걸쳐진 상태의 이병민은 팔과 다리에 감긴 덕트 테이프를 뜯어내려 온몸을 비틀어대고-

오택 내 눈 똑바로 봐!

이병민 (계속 테이프 뜯으려 힘주다가 보면..)

오택 숨이 남아 있는 마지막 순간까지 상상해. 내가 무슨 짓을 할지. 내가 어디까지 갈지!

이병민 ?

오택 똑.같.이. 갚아줄게.

SLOW MOTION

오택............ 이병민을 의자째 그대로 우물로 밀어버린다!!
이병민은 버둥거리는데-

김중민 오기사님!!!!

오택, 돌아보면.. 달려오는 김중민..
이병민은 폐우물 속 썩은 물이 가득 고인 찐득한 검은 심연으로 추락.. **풍덩-!!**
김중민, 우물로 달려가며 급히 플래시 꺼내는데-

오택 김형사님!!

오택이 잡아당기는 바람에 김중민은 플래시를 놓친다.
우물 속 심연으로 하강하는 플래시.....

12. 화훼농원, 마당, 폐우물 안 / N

검은 오수 속.. 하강하는 플래시 빛을 따라 내려가면..
우물 밑바닥..
칠흑 같은 어둠 속에서 악마 같은 독기와 생존력을 드러내는 이병민이 보인다.
숨이 턱까지 차올라 괴로워하면서도..
결박된 팔과 다리를 풀기 위해 온몸을 마구 움직이고..
두 눈을 부릅뜨고 포기하지 않는 이병민.. 부그르르 기포를 뿜어내며 힘을 주면-

13. 화훼농원, 마당 / N

오택 저놈 살리면 안 됩니다!

우물 앞.. 김중민은 잡아끄는 오택 때문에 아무것도 할 수 없는데-
때마침, 뒤늦게 도착한 박형사가 뒷마당으로 달려 들어온다.

김중민 박형사!

박형사가 반항하는 오택을 잡아 누르면..
마당을 뒤져 구조할 만한 무언가를 찾는 김중민.

오택 김형사님! 안 됩니다! 저놈이 내 딸을 죽인 놈이에요!!! 저놈이 진짜 범인이라고요!!

김중민, 둥글게 말려 있는 긴 물 호스 발견하고-

14. 화훼농원, 마당, 폐우물 안 / N

발버둥 치는 이병민의 한쪽 팔 테이프가 뜯어진다.
자유로워진 손으로 다른 손목의 테이프마저 뜯어버리고..
다리를 풀기 위해 묶여 있는 의자를 마구 비틀어대는 이병민.
꼴깍 숨이 넘어가기 직전..
드디어 다리마저 풀어낸 이병민이 바닥을 박차고 위로 올라가면-

15. 화훼농원, 마당 / N

푸하! 검은 수면 위로 모습을 드러내는 이병민.
달려온 김중민이 급하게 긴 물 호스를 우물 아래로 내린다.

김중민 꽉 잡으세요!!
오택 (박형사에게 붙잡힌 채) 안 돼!

이병민이 살아 돌아왔음을 느낀 오택은 박형사에게 벗어나려 발버둥 친다.
김중민은 힘껏 힘을 줘 당기지만.. 혼자 힘으로는 역부족이다.

김중민 박형사!!
박형사 잠시만요!

박형사는 별수 없이 반항하는 오택을 마당 구석 수도 파이프에 수갑으로 채운다. 그리고 달려가 김중민과 함께 이병민이 매달린 호스를 붙잡으면-

김중민 올려!!

오택, 이병민의 생환을 직감하고..
있는 힘껏 수갑이 연결된 수도 파이프를 발로 차기 시작한다! **쾅- 쾅- 쾅-**

김중민 (돌아보고) 오기사님!

박형사가 오택에게 가려고 호스에서 손을 떼는 순간,

김중민 (미끄러지는 호스 잡고 버티며) 놓지 마!

쾅- 쾅- 쾅- 쾅-
오택의 발길질에 드디어 부서지는 파이프 연결부!
푸쉭- 물줄기가 오택에게 쏟아지고..
돌아보는 김중민, 공중에 흩뿌려지는 물줄기 너머 오택과 눈이 마주치지만..
이병민의 목숨이 달린 호스를 손에 쥔 채 움직일 수 없는데..
오택, 한 손에 수갑을 매단 채 그대로 밖으로 달려나간다.

16. 화훼농원 앞 / N

농원 밖으로 도망쳐 나온 오택, 서 있는 김중민의 차와 박형사의 차를 지나..
옆쪽에 세워둔 승합차(세나가 몰았던)에 올라타고 액셀을 풀로 밟으면-!

17. 화훼농원, 마당 / N

김중민과 박형사는 반쯤 기절 상태인 이병민을 우물에서 끌어올리고-

박형사 (이병민 허리춤을 붙잡으며) 잡았어요!

박형사가 이병민을 끌어내자, 김중민은 오택을 쫓아 밖으로-

18. 화훼농원 앞 / N

달려나온 김중민이 양옆을 돌아보지만, 이미 사라진 오택의 차는 보이지 않는다.

헉.. 헉.. 숨을 몰아쉬는 김중민의 얼굴이.. 어둡다.

FADE OUT

19. 어느 공터 / D

FADE IN

창백한 빛이 감도는 새벽과 아침 사이.

어느 공터에 서 있는 오택의 승합차가 보이고..

지역 경찰들과 함께 조심스럽게 다가가는 박형사.

문을 열고 보면, 오택은 보이지 않는다.

20. 화훼농원 / D

경찰들이 조사를 벌이고 있는 화훼농원.

김중민이 벽면 가득 붙어 있는 이병민 관련 자료들을 심각한 표정으로 보고 있다.

이병민의 사진을 뚫어져라 보던 김중민은 핸드폰을 꺼내 동영상 하나를 플레이한다.

그날 밤 한국대병원 중환자실 앞에서 귀를 만지며 사라졌던 범인(의사)의 cctv 영상.

영상을 일시 정지시킨 김중민은 핸드폰 화면 속 흐릿한 범인의 얼굴과 벽면에 붙어 있는 이병민의 얼굴을 비교해본다. 어딘가 비슷한 듯하면서도 아닌 듯..

21. 국도, 광역 버스 안 / D

국도를 달리고 있는 한산한 광역 버스 안 뒤쪽 구석진 자리의 오택..

한쪽 손의 수갑을 옷가지로 가리며 창밖을 보면, '서울 방면' 표지판이 보인다.

22. 한국대병원, VIP 병실 / D

스르륵- 침상 위에서 눈을 뜨는 이병민.

잘렸던 왼손 검지는 수술을 마쳤는지 붕대에 감겨 있다.

사람 그림자가 어른거려서 보면.. 이형사가 옆 테이블에 현장에서 회수한 이병민 물건들(폰, 스마트워치, 이니셜이 각인된 만년필, 지갑)이 담긴 지퍼백을 두

다가 돌아본다.

이형사 정신이 드십니까?

이병민 .... (누구?)

이형사 서문 경찰서 형사2팀 이지은형삽니다.

이병민 그 사람.. 어떻게 됐습니까? 오택..?

이형사 지금 추적 중에 있습니다.

이병민 네? 놓쳤다고요?!

이형사 (할 말이 없는 듯) ....

INS.

이병민 POV. 우물 앞. 오택. **"똑.같.이. 갚아줄게."**

이병민, 급하게 몸을 일으키며 링거 호스를 뽑으려 한다.

이병민 제 아내! 지금 어딨습니까?!

이형사 (붙잡으며) 이병민씨! 진정하세요.

이병민 현지, 어딨냐고요!

CUT TO

누군가와 통화하는 이병민 옆에 걱정스런 표정으로 앉아 있는 노현지.

이병민 네. 당장 보내주세요. (전화 끊고) 경호업체 불렀어. 그 싸이코 잡힐 때까지 무조건 경호원이랑 같이 다녀. 아까처럼 어디 혼자 가지 말고.

노현지 어머님 배웅하러 잠깐 자리 비운 거라니까. 어머님, 자기 깨어나는 거 계속 기다리시다 대법원장 면담 못 미룬다고 가셨어. (놓여 있는 치즈케이크 박스 가리키며) 저거 자기 좋아한다고 가져오신 건데..

이병민 엄마 얘긴 됐고. 내 말 들어. 약속해.

노현지 밖에 경찰도 있는데 오버 아니야? (이병민의 표정에..) 알았어.

이병민 (노현지의 배를 본다) 우리 아들은?

노현지 괜찮아. 근데 도대체 그 사람은 왜 자기한테 그런 거야? 뭐래?

이병민 몰라. 그냥 미친 사람 같았어..

23. 한국대병원, VIP 구역 입구 + 화훼농원 / D

순경 한 명이 지키고 앉아 있는 VIP 구역 입구의 이형사,
화훼농원에서 찾은 오택의 낡은 수첩을 보고 있는 김중민과 통화 중이다.

이형사 깨어나긴 했는데 아직 얘기는 못 나눴습니다. 충격이 컸는지 너무 예민한 상태예요. 불안하다고 개인 경호원까지 고용하던데요.

김중민 협조 잘 좀 구해봐. 진술을 들어야 뭐 단서라도 잡든가 하지.

이형사 알겠습니다.

김중민, 화훼농원 테이블 위에서 초음파 사진을 발견한다.
'고채리♡오승현' 글씨를 보고.. 오택의 수첩 안에 꽂은 후 자신의 주머니에 넣으며,

김중민 오기사님 통화 목록은?

이형사 특별한 건 없었습니다. 그것보다 오기사님이 얼마 전에 지구대에 다녀가신 일이 있더라고요?

김중민 ?

이형사 길거리에서 시비가 붙어서 지구대로 잡혀왔던 송민선이란 여자가 있었는데, 오기사님이 그 여자 보호자로 등록되어 있었습니다.

김중민 송민선..?

24. 윤세나의 레지던스 / D

윤세나가 구석에 쪼그리고 앉아 핸드폰으로 뉴스를 보고 있다.

앵커E 금혁수 살인 사건의 피해자 오모양의 아버지가 벤처 기업가 A씨를 금혁수로 오인해 납치했다가 달아나는 일이 발생했습니다.

초조하고 불안한 윤세나는 손톱을 물어뜯고..

25. (플래시백) 국도변, 폐휴게소 / N

오택, 방독면을 벗으며 떨고 있는 윤세나에게 다가간다. 이병민은 기절 상태..

오택 괜찮아요?

윤세나 네? ...네.

오택 여기서부터는 나 혼자 갈게요.

윤세나 네..

오택, 자기 차를 보는데.. 타이어 하나가 펑크 나 있고..
오택의 시선을 눈치챈 윤세나.

윤세나 이 차 쓰세요. 대포차예요.
오택 ...
윤세나 끝나면 꼭 연락주세요.
오택 ... (끄덕)

26. 윤세나의 레지던스 + 어느 외진 골목길 / D

앵커E 변을 당한 A씨는 다행히 수술 후 생명에 지장은 없는 것으로 전해졌으며, 경찰은 현재 오모양 아버지를 추적 중입니다...

윤세나, 절망적인 한숨 내쉬는데.. 핸드폰이 울린다. 보면, **'발신번호 표시제한'**

윤세나 (다급하게 전화 받는다) 여보세요?

어느 외진 골목길에서 대포폰으로 통화하는 오택.. 수갑 찬 손은 옷으로 가리고 있다.

오택 납니다.
윤세나 괜찮으신 거예요? 뉴스에 계속 아저씨 얘기가 나와요.. 이병민은 살았대요..
오택 알아요. (잠시) 이병민이.. 세나씨를 봤어요. 세나씨를.. 노릴 겁니다.
윤세나 ...

오택 어디 잠깐 가 있을 곳 없어요? 아니면 미국으로 돌아가도 좋고요. 어느 쪽이든 빨리 움직여야 해요.

윤세나 (손톱을 다시 뜯기 시작)

오택 정말 미안합니다. 내가 실패해서.. 놈을 죽이지 못했어요.

윤세나 ...아저씨는요? 아저씨는 어쩔 건데요?

오택 계속해야죠. 놈이 한 짓 그대로 놈한테 똑같은 고통을 줄 겁니다.

전화 끊는 오택. 후우.. 옅은 탄식을 내뱉으며 이동한다.
앞에 경찰차가 보이자 멈칫- 오택은 방향을 틀고..
오택이 더 깊은 골목길로 들어가 사라지면-

27. 한국대병원, VIP 병실 / D

이형사, 이병민에게 납치 당시 진술을 듣는다. 노현지는 조금 떨어진 곳에 앉아 있다.

이병민 마지막으로 기억나는 건 그 사람 차를 피해서 근처 폐휴게소로 도망친 것까집니다. 그다음부터는 기억이 없어요. 납치 후에는 좀 전에 말씀드린 대로고요.

이형사 네. (수첩을 덮으며 일어선다) 협조해주셔서 감사합니다.

이형사, 병실을 나서려다가는 문득 생각나는지

이형사 이병민씨, 혹시 송민선이란 이름 들어보신 적 있으십니까?

이병민 아뇨. 처음 듣습니다. 그게 누군데요?

이형사 아닙니다. 그럼 쉬세요.

이형사는 병실을 나서고,
이병민은 혼잣말로 **"송..민선.."** 이름을 곱씹는데..
노현지가 이병민의 옆으로 다가온다.

노현지 괜찮아?
이병민 응.

이병민, 미소를 지어 보이지만.. 머릿속은 복잡한 듯.

28. 오택의 집 / D

출근도 못한 채 초조하게 연락을 기다리고 있는 오승현, 문자 알림음에 본다.

김중민E 승현아. 아직 오기사님 못 찾았어. 찾으면 바로 연락할게.

오승현은 현 상황이 버거운 듯 깊은 한숨을 내쉰다..
그리고 '채리'에게 전화를 거는데.. **"전원이 꺼져 있어 음성 사서함으로 연결되며..."**
답답한 오승현은 채리에게 음성 메시지를 남긴다.

오승현 채리야. 제발 전화 좀 받아. 나 때문에 화난 거 아는데.. 나 지금 아빠 때문에 좀 힘들어. 그러니까 이러지 말고.. 연락 좀 줘. 부탁할게.

29. 한국대병원, VIP 병실 / D

노현지가 전화를 받으며 병실 밖으로 나간다.

노현지 여보세요? 어, 김변. 걱정해줘서 고마워. 다행히 수술 잘됐어. 모르겠어. 왜 이런 일에 엮인 건지.. 아냐 아직 안 잡혔어.

노현지, 병실 밖에 서 있던 경호원과 함께 문 닫고 사라지면..
생각에 잠기는 이병민..

INS.
국도변 폐휴게소. 어렴풋이 사이드미러로 봤던 윤세나의 잔상.

이병민, 전화기를 든다.

이병민 네 실장님. 저 오딘 이대폰데요. 알아볼 사람이 하나 있어서요. 아뭐, 개인적인 일입니다.

30. 어느 외진 공터 / D

어느 외진 공터에 서 있는 차 한 대..
어디선가 등장한 오택이 공터에 있는 차를 향해 다가가 조수석에 올라탄다.
운전석에 앉아 있는 사람은 백사장이다.

백사장이 클립을 편 철사를 오택이 찬 수갑 열쇠 구멍에 넣고 돌린다.

딸깍- 풀리면 자유로워진 팔목을 만지는 오택.

오택 감사합니다.

백사장, 인사하는 오택의 얼굴을 보며..

백사장 정말 끝까지 가실 생각입니까?
오택 ...
백사장 할 수 있다면 말리고 싶습니다.
오택 그럴 수 없는 거 잘 아시지 않습니까.
백사장 예.. 그렇겠죠.

백사장, 손 뻗어 조수석 글로브 박스를 열면.. 앰플에 든 약병이 들어 있다.
오택, 약병을 주머니에 넣고 백사장에게 눈인사.. 차 문 열고 내린다.

31. 한국대병원, VIP 병실 / D

간호사가 이병민의 링거를 확인하고 있다.
함께 달려 있는 자가 통증 조절 장치(무통 주사)를 보며,

간호사 통증은 좀 어떠세요?
이병민 뭐..
간호사 마취 풀리면, 점점 통증 심해지실 거예요. 아프실 때마다 (자가 통증 조절 장치 버튼 보이며) 이 버튼 누르시면 됩니다.
이병민 예. 감사합니다. 저 그리고 죄송한데.. 좀 답답해서요. 창문 좀 열

어주실 수 있을까요?

간호사, 알겠다는 듯 창문 쪽으로 향하면..
이병민, 조심히 손을 뻗어 간호사가 가져온 카트에서 주사기 하나를 훔친다.
그리고 간호사가 돌아오자 고맙다는 듯 미소.

간호사 그럼, 쉬세요.

간호사가 카트 가지고 사라지자..
이병민은 자가 통증 조절 장치의 본체를 열고 그 안의 약물 백을 끄집어낸다.
그리고 훔친 주사기를 약물 백에 꽂아 주사기로 마취약 용액을 뽑아내면-

32. 윤세나의 레지던스 / D

윤세나, 커다란 캐리어에 이것저것 되는 대로 짐을 넣고 있는데.. 벨소리 울린다.
인터폰으로 다가가면 보이는 공동 현관의 김중민 얼굴.

윤세나 누구세요?
김중민F 송민선씨? 서문서에서 나왔습니다. 김중민형사라고 합니다.

윤세나는 긴장하고..

CUT TO

윤세나 마실 게 물밖에 없네요.

윤세나, 물컵 내려놓고 식탁에 앉으면..

김중민 (주변을 둘러보다 싸다 만 캐리어 발견) 어디 가세요?

윤세나 여행.. 가려고요.

김중민 아.. 네. (식탁에 앉는다) 송민선씨, 오택씨 아시죠?

윤세나 ...그게 누군데요?

김중민, 긴장한 티를 내지 않으려 노력하는 윤세나의 얼굴을 뚫어져라 본다.

김중민 윤세나씨. 맞죠?

33. 헤어숍 앞 / D

오승현이 헤어숍 앞에서 누군가를 기다리고 있다.

채리친구 (나오며) 승현씨.

오승현 죄송해요. 일하시는데.. 채리 오늘 샵 안 나온 거죠?

채리친구 (당연하다는 듯) 네. 휴가 냈잖아요. 승현씨랑 여행 간 거 아니었어요?

오승현 그건 아닌데.. 혹시 채리가 따로 얘기한 거 없었나요?

채리친구 예? 무슨.. 왜요? 싸웠어요?

오승현 그냥 좀.. 어제오늘 채리하고 연락하신 적은요?

채리친구 아뇨.. 없어요.

오승현 (걱정은 더욱 커지고) ..

34. 헤어숍 건물 앞 / D

오승현, 통화하며 건물 밖으로 나온다.

오승현 고채리라고.. 체크인했는지 알 수 있을까요? 남자친군데 연락이 안 돼서요. 부탁드릴게요. 아니. 사람이 사고가 생겼을 수도 있잖아요! 고채리 그 호텔에 있는지 없는지 그것만 알려주시면 된다니까요!!

상대방의 이야기를 듣는 오승현의 표정이 굳어진다.

오승현 .....없어요? '채' 자가 어이가 아니라 아인데.. 정말 없어요..?

35. 윤세나의 레지던스 / D

김중민 윤세나씨. 고등학교 때 연극반이었습니까?

윤세나 ...네.

김중민 연극반 당시에 사귀었던 남자친구가..

윤세나 이병민이요.

김중민 아..

김중민, 윤세나의 입에서 이병민 이름이 나오자..
일견 예상했음에도 당황한 듯.. 입이 말라 물을 한 모금 마신다.

김중민 이병민과 헤어지고 사귄 남자친구가 추락사한 일도.. 있었습니까?

윤세나 ......공천석이에요. 떨어져 죽은 친구 이름.

김중민 (머릿속이 복잡해지며) ......

윤세나 공천석.. 저는 이병민이 죽였다고 믿어요. 그래서 미국으로 도망쳤고요. 이름도 바꾸고.. 성까지 새아빠 성으로 바꿨어요. 이병민이 절 찾아낼까 봐 무서웠거든요.

김중민.. 마른세수를 한다.

김중민 솔직히.. 윤세나씨가 진짜 존재한다고 믿지 않았습니다. 금혁수가 지어낸 얘기일 거라고 생각했어요..

윤세나 ...

김중민 어떻게 만나신 겁니까? 오택씨요.

윤세나 ...

김중민 지구대에서 보호자로 오기사님 부른 거 알고 있습니다.

윤세나 몇 주 전에 절 찾아오셔서 형사님과 똑같은 걸 물어보셨어요. 경찰서 갔을 때 부른 건 왠지 어른이 와야 해결될 것 같은데.. 제가 한국에 아는 사람이 없어서였고요. 그게 다예요.

김중민 오기사님 어디에 있는지 알고 있다면 말해주셔야 합니다. 그게 오기사님을 돕는 길이에요.

윤세나 정말 몰라요. 경찰서 이후론 뵌 적 없거든요.

김중민 윤세나씨..

윤세나 저, 이병민 절대 다시는 떠올리고 싶지 않은 기억이에요. 근데 왜 다들 찾아와서 뒤집어놓는데요? 그 아저씨도 그러더니 형사님까지요!

김중민 ...

윤세나 전 다 말씀드렸습니다.

윤세나, 이제 그만 가달라는 표정..

김중민은 그런 윤세나를 관찰하듯 보는데.. 핸드폰이 울린다. 보면 오승현이다.

김중민 잠시만요. (한쪽으로 가 전화 받는다) 어, 승현아.

36. 헤어숍 건물 앞 + 윤세나의 레지던스 / D

오승현 형사님. 채리가 없어졌어요!

김중민 무슨 소리야 그게?

오승현 저한테 화가 나서, 그래서, 연락 안 되는 걸 수도 있어요. 그렇긴 한데.. 아무래도 너무 이상해요.

김중민 승현아, 진정하고 얘기해.

오승현 그때 생각이 나요. 아빠가 그놈 태우고 간 날 하필 누나가 연락 안 되고 그랬던 게.. 비슷하잖아요!

김중민 ?

오승현 그러니까 제 말은.. 만약에.. 채리가 사라진 게 우연이 아니면 어떡해요? 혹시 아빠가 진짜 범인을 찾아내서 벌어진 일이면요?

김중민 !!!

37. 공중화장실 앞 / D

해가 내려앉고 있는 늦은 오후..

1화, #15에 나왔던 공중화장실의 전경이 보인다.

택시 한 대가 화면에 들어오고.. 정차한다.
택시기사가 루틴처럼 시동과 미터기를 켜둔 채 택시에서 내려 기지개 켠다.
택시기사, 운전석 옆 포켓에서 물티슈 들고 화장실로 들어가면..
잠시 후 화면에 등장하는 오택, 주차된 택시로 다가가.. 운전석에 올라탄다.

38. 한국대병원, VIP 구역 입구 / D

김중민이 입구에 앉아 있는 순경에게 형사증 보이고,
다급한 발걸음으로 VIP 구역 안으로 들어간다.

39. 한국대병원, VIP 병실 / D

김중민, 문 벌컥 열고 들어가면-

이병민 (불쾌한 기색) 뭡니까?

이병민, 손에 쥐고 있던 주사기를 몰래 이불 속으로 감춘다.

김중민 서문서 형사2팀 김중민입니다. 제가 우물에서 꺼내드렸었는데.
이병민 진술은 다른 형사님한테 다 했는데요.
김중민 저도 몇 가지 확인할 게 있어서요. (수술한 검지에 붕대가 감긴 이병민의 왼손을 유심히 보며) 수술은 잘된 건가요?
이병민 예. 뭐 다행히.

김중민 POV. 이병민 손의 많은 상처들.. 왼손바닥 가운데 쭉 그어진 상처.

김중민 손에 상처가 많으시네요?

이병민 아.. 제가 운동을 좋아해서.

김중민 왼쪽 손바닥 상처는 칼에 베인 거 같은데요.

이병민 (별 관심 없다는 듯) 그런가?

김중민 오택씨 증언에 따르면 범인이 고통을 못 느낀다면서 자기 왼손을 칼로 그어서 보여줬다고 하더라고요. 그래서 한번 여쭤봤습니다.

이병민, 김중민의 의도를 눈치채고 어이없다는 듯 보면

김중민 공천석이라고, 건물 옥상에서 추락한 고등학생이 있었는데.. 알아보니까 이병민씨 옆 학교였더라고요? 아시죠?

이병민 아니요?

김중민과 이병민 사이에 긴장감이 흐른다.
귀를 만지작거리는 이병민.. 김중민은 그 모습을 보곤,

김중민 맞네..

이병민 ?

김중민 맞지? 너.

이병민 네?

김중민 고채리 어떻게 했어?

이병민 누구?

김중민 고채리 어딨냐고!

정판사E 지금 뭐 하시는 겁니까?

소리에 보면, 포스 있는 중년여성(**정판사**)이 병실 문을 열고 들어와 있다.
정판사 뒤로는 노현지와 경호원이 보이고..

김중민 형삽니다. 이병민씨한테 확인할 게 있어서 이야기 중이고요.

정판사 저는 이병민엄맙니다. 판사기도 하고요. 눈앞에서 범인 놓쳤다고 들었는데, 사과는 못할망정 피해자한테 지금 뭐 하는 거냐고 물었습니다.

김중민 범인 잡으려고 하는 겁니다. 피해자 조사해야죠.

정판사 조사 거부하겠습니다.

김중민 네?

정판사 못 들었나요? 거부한다고요. 필요하면 강제 수사로 전환하세요. 그리고 윗선에 정식으로 항의하겠습니다. 피해자 찾아와서 소동 부리신 거, 책임지셔야 할 겁니다. 그만 나가주시죠.

김중민 ....

정판사 형사가 법 안 지킵니까?

김중민, 어쩔 수 없이 병실 밖으로 향하며 이병민을 본다.
이병민 역시 김중민을 보고..
병실 앞 복도의 노현지와 스치는 김중민.. 노현지의 임신 중인 배가 보인다.
노현지는 병실 안으로 들어가며 문을 닫는다.

40. 한국대병원, VIP 구역 입구 / D

VIP 구역 입구로 나오며 어딘가로 전화를 거는 김중민..

최형사F　　예. 김형사님.

김중민　　이제부터 이병민만 파. 행적, 자산, 출입국 기록 4년 전부터 어제까지 샅샅이 뒤져봐. 이병민이 그날 밤 진짜 범인이야.

41. 한국대병원, VIP 병실 / D

정판사　　현지, 짐 챙겨라. 새벽부터 너무 무리했어. 임산부가 이런 데 오래 있는 거 아니다.

노현지　　아뇨.. 저는..

이병민　　그래. 엄마 말 들어. 그 싸이코 잡힐 때까진 처가 가 있는 게 좋겠어.

노현지　　자기 혼자 두고 어떻게 그래..

이병민　　나 내 아들 걱정하는 거야.

볼록 부른 자신의 배를 만지는 노현지, 자신도 아이가 걱정되는 듯..

정판사　　(의자에 앉으며 노현지에게) 본인이 괜찮대잖니.

노현지　　(이병민에게) 정말 괜찮겠어?

이병민　　어. 가서 푹 쉬어.

노현지　　...알았어 그럼.

노현지, 겉옷 입고 핸드백 챙기는데..
정판사, 가만히 이병민을 바라보다가

정판사　　현지. 미안한데.. 나 병민이랑 잠깐 얘기 좀.

노현지　　아.. 네. 밖에 있을게요.

노현지가 병실 문 닫고 나가자 서늘하게 표정 굳는 정판사.. 이병민에게 다가가,

정판사 아까 채리라는 애 얘기 뭐야? 니 짓이야?

이병민 병문안을 왔으면 취조가 아니라 위로를 해야지. 엄마가.

정판사 너 설마 고등학교 때처럼..

이병민 (인상을 찌푸리면)

정판사 너..... 니 짓 맞구나.

이병민 ....

정판사 아까 그 형사 다 알아. 문제 될 상황 있으면 당장 정리해. 묻어버리든 태워버리든 제대로 하라고.

이병민 차 가져왔어?

42. 고주환의 카센터 / D

카센터 사무실 TV로 화훼농원 현장의 모습이 나오고 있는 뉴스를 보는 고주환. 유리창 밖에서 터벅터벅 걸어오고 있는 오승현이 보이자 놀라 달려 나간다.

고주환 승현아, 어떻게 된 거야? 택이는? 잡혔다는 얘기 아직 없는 거지? 너도 택이랑 연락 안 돼?

오승현 아저씨.. (울먹인다) 채리가.. 채리가.. 사라졌어요.

고주환 !! 뭔 소리야? 채리 여행 갔잖아.. 아냐? 너.. 왜 그래? 제대로 말을 해봐!

더 이상 말 못하고 울먹이는 오승현의 모습 뒤로.. 해가 저물어간다.

43. 한국대병원, 지하 주차장 - 도로 / N

INS.

어둠이 깔린 한국대병원 전경.

경호원을 따라 걷는 노현지, 생각이 많아 보인다.
경호원이 경호원 차 뒷좌석 문을 열어주면 차에 올라타고, 경호원은 운전석으로 가면..

이 모습을 차 안에서 지켜보고 있는 누군가의 POV..
경호원 차가 출발하면.. POV의 누군가도 천천히 차를 출발시킨다.

노현지가 탄 경호원 차가 주차장을 벗어나면..
경호원 차를 뒤따르고 있는 택시가 보인다. 운전석의 사람은.. 오택이다!

44. 서문 경찰서, 회의실 + 형사2팀 / N

서문서 형사2팀장이 김중민에게 소리를 지르고 있다.
회의실 밖, 형사2팀 자리의 최형사한테까지 소리가 들린다. 최형사는 곤란한 표정.

팀장 김중민! 너 미쳤어? 안 그래도 범인 놓치고 면목 없어 죽겠고만, 왜 피해자를 찾아가서 들쑤셔!

김중민 하아..

팀장 그리고 준호 재는 왜 이대표를 파고 있는데? 오택 그 사람 안 찾고 잰 지금 뭐 하고 있는 거냐고?

김중민 ....팀장님. 우리 금혁수 때문에 징계까지 먹었잖아요. 이번엔 제대로 해야 할 것 아닙니까.

팀장 뭔 소리야?

김중민 이병민이 진범이라고요. 우리가 틀렸다고!

팀장 ....!! 너 그 말 책임질 수 있어?

김중민 예. 질게요 책임. 할 수 있는 게 있으면 뭐라도 할게요! 오기사님 아들 여친이 실종됐습니다. 이병민 짓이에요... 저는 계속 갑니다.

김중민, 회의실 문 **쾅-** 닫으며 밖으로 나온다. 최형사 보이자,

김중민 계속해. 내가 책임져.

최형사 네.

김중민, 거친 숨 몰아쉬며 핸드폰 확인하면 박형사에게서 도착한 사진이 있다. 화각이 넓은 방범용 cctv 캡처 화면.. 한쪽 구석에 오택의 승합차가 보인다.

김중민 (박형사에게 전화 걸어) 박형사, 이 사진 뭐야?

박형사F 이병민 납치된 폐휴게소 근처 방범용 cctv요. 영택에서 발견된 오기사님 승합찬데요.. 운전한 사람이 다른 사람 같아서요.

김중민, 캡처 화면 키워 보면.. 승합차 운전석 사람의 실루엣이 흐릿하게 보인다.

박형사F 여자 같지 않으세요?

김중민 !!!

45. 윤세나의 레지던스 건물 뒷골목 + 서문 경찰서, 형사2팀 / N

윤세나가 커다란 캐리어를 끌고 건물 뒷골목으로 나온다.
전화가 울리자 발신자 보고 갈등하다 전화를 받는 윤세나.

김중민 윤세나씨. 이병민 납치, 같이한 겁니까?

윤세나 ....

김중민 증거 찾았으니까 계속 거짓말할 생각 말고요. 오기사님 지금 어디에 있습니까?

윤세나 ...

김중민 계속 입 다물면 윤세나씨한테 점점 불리해질 겁니다. 말해요!

윤세나 어디 있는지는 저도 진짜 몰라요.

김중민 윤세나씨!

윤세나 진짜예요! 몇 시간 전에 아저씨한테서 전화.. 받았어요. 이제 어떻게 할 거냐고 물어봤는데..

김중민 ...

윤세나 아저씨는 이병민한테 당한 그대로 똑같이 갚아주겠다고 했어요.

김중민 그게 무슨 뜻입니까? 계획이 뭔데요?!

윤세나 몰라요. 그냥 그렇게만 말하고 끊었어요. 그 이후로는 저도 연락 안 되고요..

김중민, 혼란스러운 표정이다.

윤세나 그게 정말 제가 아는 전붑니다.

할 얘기를 마치고 전화를 끊는 윤세나..
뒷골목에서 '예약'등 켜놓고 기다리고 있던 택시로 간다.

트렁크에 캐리어 넣고 뒷좌석에 타는 윤세나.

윤세나 인천 공항이요.

택시가 출발하면..

46. 도로 / N

경호원 차 뒷좌석의 노현지는 창밖을 보며 생각에 잠겨 있다.

INS.
(#39) 병실. 노현지 POV. **"고채리 어떻게 했어?"**라는 김중민의 질문에 **"누구?"** 라고 답하는 이병민.. 아닌 척했지만 이병민의 얼굴에는 머뭇- 하는 낌새가 스쳤고..

INS.
(#41) 병실 앞.. 문 가까이 귀를 기울인 노현지에게 희미하게 들리던 정판사의 목소리. **"당장 정리해. 묻어버리든 태워버리든 제대로 하라고."**

(현재) 노현지, 경호원에게 말한다.

노현지 집에 잠깐 들렀다 가죠.
경호원 대표님께서 바로 한남동으로 가라고 하셨는데요.
노현지 챙길 게 있어서 그래요. 잠깐이면 돼요.

노현지의 차가 방향을 틀면, 뒤따르던 오택의 택시도 방향을 튼다.

47. 한국대병원, VIP 구역 입구 / N

VIP 입구 앞 순경, 몸이 찌뿌둥한지 일어나 스트레칭하는데 교대자가 등장한다. 교대자가 같이 가서 담배 피우자는 모션 취하면, 따라나서는 순경.

48. 고급 주택 단지, 이병민의 집 앞 / N

이병민의 집 앞. 경호원이 차를 세우면, 노현지가 내려 집 안으로 들어간다.
경호원도 따라 집 안으로 들어가고..
조금 떨어진 곳.. 오택의 택시가 스르륵 다가와 멈춰 선다.

49. 도로 / N

이병민이 정판사의 차를 타고 어딘가를 향해 달린다.
노란 신호등에 앞차가 차를 세우자, 갈 생각이던 이병민도 멈춰 세우며..

이병민 (앞차에 짜증) 가야지..

띠링- 문자가 온다.

이병민, 보면.. 'IM 리서치 황실장'에게 온 문자.

'송민선 찾았습니다. 010-XXXX-XXXX. 서울시 마덕구 홍산로94, XXX호'

그리고.. 이미지 파일. 송민선의 증명사진. 윤세나다!

때마침 신호등은 녹색불로 바뀌며 앞차가 출발한다.

그러나 출발하지 않고 녹색 신호등과 핸드폰의 문자를 번갈아 보며 갈등하는 이병민..

손가락을 **타타타탁**- 두드리기 시작한다. 고민에 빠진 듯..

주변 차들이 **빵빵**- 경적을 울려대지만 아랑곳하지 않고 고민하는 이병민..

결심한 듯 **탁탁**- 손바닥을 세게 내리치고,

핸들 돌려 급유턴을 하면-

50. 이병민의 집, 서재 / N

노현지가 서재로 들어온다.

INS.

(8화, #18) 방문 연 노현지 POV.. 책상 아래서 몸을 일으키던 이병민.

노현지, 이병민의 책상 의자를 빼내면 책상 아래 숨겨진 작은 금고가 보인다.

힘들게 몸을 구기고 앉아 금고에 숫자 몇 개를 입력해보는 노현지.

띠띠띠띠띠띠- 띠띠띠띠띠띠- 패스워드는 모두 맞지 않는다.

51. 이병민의 집 / N

거실 가운데 선 채 닫힌 서재 문 안 노현지를 기다리고 있는 경호원..

52. 강변북로, 택시 안 / N

인천 공항으로 향하는 택시 안. 창밖을 보는 윤세나, 전화가 울리자 본다.
모르는 번호.. 전화를 받으면, 오래전 녹음된 자신의 목소리가 흘러나온다.

윤세나F 당신이 무서워요. 나쁜 짓도 안 했는데 왜 무서운지 모르겠어요.

이병민F 당신이 지은 죄를 생각해봐.

윤세나F 당신을 사랑한 죄뿐이에요.

이병민F 그러니까 죽어야 하는 거야.

윤세나F 사랑하니까 죽어야 한다는 건 이치에 맞지 않는걸요. 내일 죽이세요. 제발 오늘 밤만은 살려주세요.

이병민F 안 돼. 반항하지 마!

고등학생 때 이병민과 함께했던 연극 〈오셀로〉 대사 녹음을 듣는 윤세나..
사시나무 떨리듯 덜덜덜 떨려오고..

53. 이병민의 집, 서재 / N

포기한 듯 앉아 있던 노현지.

문득 어떤 생각이 들었는지 핸드폰을 꺼내 '금혁수'를 검색해본다.
위키 사이트에 들어가보면 뜨는 금혁수의 인적 사항..
조심스럽게 금혁수의 생년월일을 금고 버튼에 눌러본다.
띡. 띡. 띡. 띡. 띡. 띡. 딸깍- 금고가 열렸다!
충격에 노현지는 얼어붙고..
끌꺽- 긴장하며 열린 금고로 천천히 손을 뻗으면..
금고 안에서 10여 장의 폴라로이드 사진들이 나온다.
젊은이부터 노인, 여자와 남자, 그리고 어느 일가족까지 다양한 사람들을 도촬하듯 찍은 사진들.. 몇몇 사진 속 사람들은 죽은 듯 눈을 감고 있고..

뭔가 생각나는지 폰을 다시 보는 노현지..
빠르게 움직이던 노현지의 눈동자가 멈추면-
'살해 대상을 정한 뒤 폴라로이드 사진을 찍어 살인을 기념한 것으로 알려져..'

54. 서문 경찰서, 형사2팀 / N

김중민, 자신의 자리에 앉아 생각에 잠겨 있다.

윤세나F 아저씨는 이병민한테 당한 그대로 똑같이 갚아주겠다고 했어요.

답답한 김중민, 컴퓨터 화면으로 화훼농원 현장을 찍은 사진들을 본다.
오택이 화훼농원 벽에 가득 채운 이병민 관련 자료들 보이는데..
노현지 사진이 보이는 순간.. 문득,

INS.

(#39) 김중민의 시선으로 보이던 노현지의 임신 중인 배..

김중민, 다급하게 가지고 있던 오택 수첩 꺼내 펼치면..
고채리의 초음파 사진이 보인다!!

55. 이병민의 집 / N

거실에서 대기하는 경호원, 어딘가에서 **쨍강-** 유리 깨지는 소리 들린다.
슥 바라보는 경호원...
소리 난 방향으로 천천히 다가간다.
그런 경호원의 뒤쪽에서 소리 죽이고 등장하는 오택.
약품을 묻힌 천 조각을 손에 쥔 채 다가가... 경호원의 입을 막으려는데-

반사적으로 피하는 경호원.. 오택을 붙잡아 메치면 오택은 **우당탕-** 날아가고..
소음에 서재에서 나온 노현지가 그 광경을 보고 놀란다!
급히 핸드폰 꺼내 112에 신고하려는데..
몸을 일으킨 오택이 그걸 보고 달려가 노현지의 손에서 핸드폰 빼앗아 던져 버린다!
그 순간, 오택의 목에 헤드록을 걸어 조르기 시작하는 경호원..

경호원 들어가 계세요!

노현지, 서재로 다시 들어가 문을 걸어 잠그면-

56. 윤세나의 레지던스 앞 복도 - 레지던스 안 / N

띵- 엘리베이터 열리고 윤세나가 등장한다.

캐리어를 끌고 자신의 집으로 향하는 윤세나..

띠띠띠띠- 도어록을 열고 집 안으로 들어간다.

천천히 닫히던 레지던스 문이 완전히 닫히기 직전... 쑥 들어와 막아서는 손.

문이 다시 열리면.. 이병민이다.

57. 이병민의 집 / N

경호원의 조르기에 괴로워하는 오택..

경호원의 팔을 때리고 당기며 벗어나려 애써보지만 경호원은 꿈쩍도 않고..

버둥거리던 오택의 다리가 점점 힘을 잃어간다.

그사이.. 자신의 주머니로 향하는 오택의 손.

주머니에서 어렵게 약품이 든 앰플을 꺼낸 오택이 뚜껑을 벗겨내고.....

위쪽 경호원의 얼굴을 겨냥해 **확**- 뿌려버리면!

그럼에도 아랑곳없이 힘을 주는 경호원..

오택은 금방이라도 기절할 듯 헐떡이는데..

어느 순간, 오택의 목을 조르는 경호원 팔의 힘이 풀린다.

벗어나는 오택.. 보면.. 경호원은 정신을 잃었다!

58. 윤세나의 레지던스 / N

이병민, 레지던스 안으로 들어와 윤세나를 찾는다.

윤세나는 보이지 않는데-

지지직-

이병민의 목에 꽂히는 전기 충격기.. 숨어 있던 윤세나가 꽂은 것!

윤세나 다시는.. 도망치지.. 않아..!

이병민이... 정신을 잃고 쓰러진다.

헉.. 헉.. 거친 숨을 몰아쉬는 윤세나.

바짝 정신 차리고.. 부엌 서랍을 열어 식칼을 잡는다.

식칼을 부여잡고 이병민에게 돌아온 윤세나.

부들부들 떨리는 손으로 칼을 치켜든다.

그리고... 휘두르는데-

번쩍 눈을 뜨고 윤세나의 손을 **턱-** 잡는 이병민...

칼을 내친 후.. 그대로 몸을 뒤집어 윤세나를 바닥에 눕히고,

이병민 배신자..

준비해온 주사기를 윤세나의 목에 꽂아 넣는다!

헉! 윤세나의 동공이 순간 확장되면-

59. 이병민의 집, 서재 / N

부팅 중인 노트북 앞의 노현지. 바탕 화면이 뜨는데-

서재문이 **쾅- 쾅-**

오택이 방문을 열기 위해 부딪치는 소리가 들린다.

노트북 메신저 프로그램을 여는 노현지, 하지만 업데이트 프로그램이 시작되고..

초조함에 미쳐버릴 것 같은 순간...

쾅-

노현지가 돌아보면.... 오택이 서 있다!

저벅.. 저벅.. 노현지를 향해 다가오는 오택의 얼굴에서-

10화

삶이 그대를 속일지라도

1. 한강 습지 / N

저 멀리 반짝이는 야간 조명이 조형미를 드러내는 한강 다리가 보이는 가운데..
한강 부근 어느 외진 습지 공원..
갈대 군락 속 외부와 차단된 공터에 서 있는 택시가 보인다.

택시 뒷좌석..
두 손이 뒤로 묶이고, 입에 재갈이 물린 채 정신을 잃고 쓰러져 있는 노현지..
천천히 눈을 뜨고 몸을 일으킨다.
차창 너머 밖을 보면.. 한강변 야외 습지에 잡초들이 무성하고..
우두커니 강물을 바라보며 서 있는 오택의 뒷모습 보이는데..
오택이 문득 고개를 돌리면, 눈이 마주치는 노현지.
오택이 그런 노현지를 향해 뚜벅뚜벅 걸어온다.
놀란 노현지.. 오택이 다가오는 반대쪽으로 가 몸을 비틀고,
뒤로 묶여 있는 손을 손잡이로 가져가 잡아당기는데..
딸깍- 소리만 날 뿐 문은 열리지 않는다.
뒤늦게 보이는 '위험. 오른쪽 문을 이용하세요.' 스티커.
노현지, 급하게 다시 반대쪽으로 향하면..
벌컥- 어느새 다가온 오택이 문을 열었다!
노현지가 두려움에 찬 시선으로 올려다보면......
오택은 노현지의 얼굴을 잠시 바라보다가 천천히 입을 연다.

오택 당신 남편은 내 딸을 죽여 머리를 자르고 조롱했습니다. 내 아내는 그 충격으로 죽었고... 누나와 엄마를 잃고 힘들게 버틴 내 아들을 겨우 웃게 만든 여자친구도... 당신 남편이.. 죽였습니다.

노현지, 오택의 말을 믿을 수 없다는 듯한 표정으로 고개를 가로젓는다.

오택 그 아이도 당신처럼 배 속에 아기가 있었는데 당신 남편은 그걸 알면서도.. 알면서도 그 아이를 죽였습니다. 후.... (심호흡하고) 그러니까... 내가 당신과 당신 배 속의 아기를 죽여야 공평하지 않겠습니까?

노현지의 눈동자에.. 극한의 경악이 휘몰아치면-

10화
삶이 그대를 속일지라도

2. 어느 건물, 계단 - 2층 공간 / N

정신을 잃은 윤세나를 어깨에 둘러업은 이병민이 어느 건물의 어두운 계단을 오른다.

계단을 올라 2층 공간으로 들어서는 이병민,
한쪽에 있는 소형 발전기를 작동시키자 그르르릉- 음산한 저음이 공명하고..
공간 내부 여기저기에 설치된 작업등에 불이 들어온다.
이병민의 어깨에 매달린 윤세나가 스르륵 눈을 뜨고
제대로 정신을 차리지 못한 채 희미한 눈을 껌뻑- 껌뻑- 주변을 보면..
내부 인테리어가 완성되지 않은.. 황량하고 어수선한 느낌의 공간.
선반에는 공구 등이 놓여 있고, 발전기용 휘발유 통들도 보인다.
윤세나가 정신 차린 사실을 눈치채지 못한 이병민은 안쪽으로 더 깊이 들어가고..
벽면 중앙에 보이는 스테인리스 밀폐 도어.

이병민이 손삽이를 낭겨 열고 안으로 들어가면-

3. 어느 건물, 2층, 밀실 + 2층 공간 / N

사방이 스테인리스로 되어 있는 밀실 안..
애초에 냉동 창고로 설치된 듯 보이지만, 현재 냉기는 나오지 않는다.
이병민, 둘러업은 윤세나를 바닥에 던지듯 내려놓는다.

눈 감고 상황을 알 수 없어 공포스러운 윤세나는 그대로 미동 없이 있는데..
그 위로 이병민이 바깥에 나갔다가 돌아오는 발소리 들리고..
이병민, 윤세나 위로 휘발유를 끼얹기 시작한다.
기름 냄새를 꾹 참아내는 윤세나, 살짝 눈을 뜨면..
윤세나의 흐릿한 시선에.. 밀실 이곳저곳에 휘발유를 뿌리는 이병민의 모습.
기름을 모두 쏟아부은 이병민은 기름통을 던지고 다시 밖으로 나간다.

윤세나, 그 틈을 타 주위를 돌아보면..
밀실 구석에 방수포 같은 천으로 덮여 있는 사람 형체가 얼핏 보이고..

밀실 문밖으로 나온 이병민,
선반에 놓여 있는 각종 공구 사이에서 라이터를 찾아낸다.
탁- 탁-
화르륵 라이터에 불이 올라오는데.... 진동하는 이병민의 전화기.
폰을 보면 **'장인어른'**이다.
잠시 갈등하던 이병민은 라이터 불 끄고, 밀실 문을 닫는다.
전화 받으려다가.. 그르릉- 시끄러운 소형 발전기 소리에 더 바깥쪽으로 이

동하면-

4. 어느 건물, 2층, 밀실 / N

몸을 일으키는 윤세나, 기름 냄새에 괴로운 듯 소리 죽여 콜록거린다.
천장에 매달려 있는 작은 랜턴에서 나오는 흐릿한 빛이 전부인 꽉 막힌 밀실 안..
윤세나는 닫힌 문으로 달려가 밀어보지만 굳게 닫힌 문은 꿈쩍을 하지 않고-

5. 어느 건물, 계단 / N

계단을 내려가며 전화를 받는 이병민.

이병민 예. 아버님.
노현지부F 병원인가?
이병민 예.
노현지부F 몸은 좀 어때?
이병민 괜찮습니다.

6. 어느 건물, 외부 / N

짓다가 마무리 단계에서 공사가 중단되어 방치된 듯한 중급 규모의 3층 건물.
이병민은 건물 밖으로 나오며 계속 장인어른과 통화한다.

노현지부F 집사람 말이 현지가 집에 온다고 했다는데 안 와서.. 같이 있나?

이병민 아..뇨. 현지 아직 집에 안 갔습니까?

노현지부F 안 왔네. 전화도 안 받고.

이병민 ?!! 제가 연락 한번 해보겠습니다.

하는데, 문자 도착 알림 소리. 핸드폰 화면 보면 '노현지'에게서 온 문자다.

이병민 아, 지금 현지한테 문자 왔네요. 잠시만요.

이병민, 문자를 확인하면...
팔이 묶이고 입이 막힌 채 택시 뒷좌석에 힘없이 쓰러져 있는 노현지의 사진!!!

7. 어느 건물, 2층, 밀실 / N

몸을 일으킨 윤세나, 덮여 있는 사람 형체를 발견하고 다가간다.
혹시 시체일까 두려워 차마 방수포를 걷지 못하는 윤세나..
살짝 건드려보지만 반응이 없다. 윤세나는 두려운 듯 마른침을 꿀꺽-

8. 어느 건물, 외부 + 한강 습지 / N

당황한 이병민의 표정이 보이는 가운데..

노현지부F 현지가 뭐래냐?

이병민 .....

노현지부F 이서방?

이병민 아... 현지한테서 온 문자가 아니네요. 아버님. 제가 잘못 봤습니다. 좀 더 알아보고 다시 연락드리겠습니다.

이병민, 전화 끊고 다시 한 번 사진을 보는데.. 묶여 있는 여자는 노현지가 맞고-'노현지'로부터 전화가 걸려온다. 천천히 전화 받는 이병민.

이병민 (말없이 기다린다) ....

습지의 오택, 문 열린 택시 안 노현지를 바라보며 이병민과 스피커폰으로 통화한다.

오택 난 내 딸과 채리가 죽어가는 동안 아무것도 하지 못했어. 너도 똑같이 느껴봐. 니 아내와 배 속의 아들이 죽어가는 동안.. 아무것도 할 수 없는 기분을.

이병민 미쳤어? 그 여자 임신했어.

오택 너도 대가를 치러야지.

이병민 내 아들.. 건드리지 마!

오택 너 같은 놈도 제 자식은 귀한가 보지?

이병민 (안 들리게 소리 죽여 "씨발..")

오택, 노현지 입에 묶어둔 천을 벗긴 뒤 할 말 있으면 하라는 듯 폰을 대준다.

노현지 당신.. 정말.. 사람을 죽였어?

이병민 (들려오는 현지 목소리에 당황) ....

오택 니 입으로 아내한테 말해보지 그래. 지금껏 몇 명을 죽였는지.

이병민 .....

오택 더 할 얘기 없으면 됐고.

오택, 노현지의 입을 다시 막으려 한다.

노현지 살려주세요! 제가.. 제 아이가 잘못한 게 아니잖아요! 제발요!!!!

이병민 (현지의 비명 듣고 폰에다가) 그만해!!!

오택은 굴하지 않고 노현지의 입을 막는데..

이병민 그만해!! 그만하라고 했잖아!! 고채리 살아 있어!

오택 ?!

이병민 고채리 아직 안 죽었으니까 그만하라고!

9. 어느 건물, 2층, 밀실 / N

윤세나, 방수포를 걷으면.. 그 아래 미동 없는 사람은.. 고채리다.
윤세나, 용기 내 다시 한 번 툭툭- 건드리며..

윤세나 저기요..

으으- 옅은 신음 소리를 내는 고채리.

고채리 물.... 무..울 좀..

윤세나, 주변을 둘러보지만 물이 있을 리는 없고..
걱정하던 그때.. 문득 뭔가가 생각났는지 자신의 주머니를 뒤진다.
윤세나가 꺼낸 것은 금단증상 때문에 힘들 때 오택이 주었던 사탕이 담긴 조그만 틴 케이스.. 작은 사탕을 꺼내 고채리의 입에 넣어준다.

윤세나 이거라도 먹어봐요.

고채리 (사탕을 입에 녹이며) 고맙..습니다.

윤세나는 걱정되는 표정으로 그런 고채리를 바라보고..

10. 어느 건물, 외부 + 한강 습지 / N

이병민 돌려보낼 테니까 내 아들 건들지 마!

오택은 말이 없고.. 이병민의 말에 충격받은 노현지의 표정은 굳는다.

이병민 여보세요? 여보세요?! 듣고 있어?!

오택 거짓말.. 니가 살려뒀을 리가 없어.

이병민 거짓말 아니야! 고채리 죽일 거야? 현지 죽으면 고채리는 진짜 죽는 거야! 원해?!

오택, 눈물 콧물 범벅이 된 채 애원하듯 자신을 보고 있는 노현지를 본다.

이병민 대답해!

오택 1시간. 지금부터 1시간 뒤에 내 아들이 일하는 카센터로 전화를 걸 거야. 그때 거기에 채리가 없으면, 니 아내와 아들은 죽는다.

오택, **딸깍**- 전화를 끊는다.
재빨리 생각을 정리한 이병민, 급히 건물로 들어가면-

11. 한강 습지 / N

전화 끊은 오택.. 노현지를 본다. 살려달라는 눈빛..
쾅- 오택은 뒷문 닫고, 차 키로 닫힘 버튼 누른 후, 택시 트렁크로 가 뭔가를 찾는다.
노현지는 긴장하며 오택을 주시하는데..
트렁크를 뒤지던 오택, 뭔가를 찾아 꺼낸다. 은빛 차 덮개..

창밖을 보던 노현지의 시선이.. 순간 은빛 차 덮개로 가려지고-
노현지, 당황하며 **읍읍**- 막힌 입으로 소리를 질러대지만..
아랑곳없이 풀 커버 덮개로 택시를 씌워버리는 오택.
몸으로 택시 문을 마구 부딪치는 노현지의 저항에도 소용이 없다.
택시를 완전히 덮은 오택.. 시계를 본다. 10시 30분을 넘어섰다.

12. 어느 건물, 2층, 밀실 / N

급한 걸음의 이병민이 냉동 창고 문을 연다.
처음 상태 그대로 바닥에 누워 있는 윤세나와 고채리 보이고..
이병민은 고채리에게 다가가 발로 툭툭 건든다.

이병민 야, 일어나. 집에 보내줄게. 일어나라고!

고채리가 스르륵 눈을 뜨는데.. 그런 고채리의 눈빛이 향하는 곳은 이병민의 뒤편..
이병민의 뒤에서 윤세나가 조용히 몸을 일으킨다.
이병민, 고채리의 시선에서 이상함을 느끼고 고개 돌리는 순간,
치이익--!! 그런 이병민의 눈에 페퍼 스프레이를 발사하는 윤세나!
이병민이 확 눈 가리는 순간-

윤세나 지금이에요!

일어나 튀어나가는 고채리와 윤세나!

13. 어느 건물, 2층 공간 + 밀실 / N

윤세나와 고채리, 냉동 창고 밖으로 달려 나와 함께 문을 닫는다!
그리고 잠그려는데....... **쾅-!**
달려온 이병민이 어깨로 문을 들이받은 것.
그 충격에 흔들린 윤세나와 고채리가 다시 정신 차리고 문 닫으려는데-
다시 달려와 어깨로 들이받는 이병민. **쿵--!!**
그 충격에 윤세나와 고채리가 넘어지면..

밀실 문이 **끼이익**- 열리고.. 이병민이 밀실 안에서 걸어 나온다.

쓰러져 있는 두 사람을 보는 이병민..
힘들어 일어서지도 못하는 고채리와 천천히 몸을 일으키는 윤세나 보이면..
기력이 남아 있는 윤세나부터 해결해야겠다 싶은 이병민,
윤세나의 다리를 붙잡고 밀실로 잡아끌기 시작한다.

윤세나 (버둥거리며) 이거 놔! 놓으라고!!

반항하는 윤세나의 신발이 벗겨지고-

고채리 안 돼...

버둥거려보지만 끌려가던 윤세나는 주변을 둘러보고,
불 켜진 작업등이 눈에 들어오자 작업등을 꽉- 잡는다.

이병민은 밀실로 끌고 온 윤세나를 던져둔 채 다시 밖으로 향하려는데..
문득 윤세나 손에 잡혀 있는 불 켜진 작업등을 본다.
재빨리 벌떡 일어서는 윤세나, 작업등을 당장 내던질 듯 높이 치켜들고-

윤세나 움직이지 마!!

이병민 보면.. 자신의 발이 바닥에 잔뜩 뿌린 휘발유 위에 서 있다.

이병민 어쩔 건데? 그거 던질 거야? 던지면 너도 죽어.

작업등을 들고 있는 윤세나의 손이 떨린다.

이병민의 시선에 들어오는.. 윤세나 손목의 수많은 주저흔들..

이병민 (피식- 웃음이 난다) 죽을 용기도 없으면서. 너 고등학교 때부터 그랬잖아. (세나 흉내 내며) "아빠가 미워. 엄마가 미워. 코코도 미워. 확 죽어버렸으면 좋겠어. 나도 확 죽어버릴 거야."

윤세나 (경계하며) 내가 못할 거 같애?!

이병민 어.

이병민, 윤세나의 작업등 빼앗으려 손 뻗으며 위협적으로 성큼- 한 걸음 다가가면..
순간 윤세나, 그런 이병민을 옆으로 피하며 밀실 문 쪽으로..
두 사람의 위치가 뒤바뀌었다.

이병민 하아.. 세나야. 그만해. 니가 나 배신한 거, 용서해줄게.

윤세나 (조금씩 문으로 뒷걸음질 친다) ....

이병민 안 죽이겠다고. 평생 같이 가기로 약속했었잖아 우리.. 그 약속 지킬게.

윤세나 약속?

이병민 그래.. 약속.

윤세나 나는... 싫어.

윤세나, 그대로 작업등을 바닥에 던져버린다!!
파직- 작업등이 터지며 필라멘트에서 튄 스파크에 불이 붙고-
금세 불길이 타오르면, 윤세나와 이병민은 동시에 밀실 밖으로!
윤세나가 먼저 달려 나오고, 뒤이어 이병민이 튀어나오는데..........
문 앞.. 인테리어 자재용 대형 타일을 손에 들고 있던 고채리..
이병민의 머리를 내리친다!

와장창-!!
이병민, 쓰러지면..
윤세나는 어쩔 줄 몰라 하는 고채리의 손을 붙잡고 밖으로-

14. 어느 건물, 외부 / N

헉.. 헉.. 한쪽 신발이 벗겨진 윤세나가 상태가 좋지 못한 고채리를 부축하며 건물 밖을 달려 도망친다.

15. 한강 습지 / N

풀 커버가 씌워진 택시가 보이는 가운데..
한강을 보고 선 오택.. 꺼두었던 폴더폰(대포폰) 전원을 켠다.

16. 고주환의 카센터 + 한강 습지 / N

고주환과 오승현이 박형사에게 채리의 실종 상황에 대해 이야기 중이다.
한껏 격앙된 고주환, 핸드폰으로 오딘 홈페이지 속 이병민 사진을 내밀며,

고주환 이놈이라면서요? 택이가 납치한 놈. 이놈 어제 카센터에 왔었습니다.

박형사 여길요?

고주환 네! 별문제도 없는 브레이크를 봐달라더라고요! 그때부터 찜찜했는데.. 채리 그냥 연락 안 되는 거 아닙니다. 분명 이놈이랑 연관 있는 거예요!

박형사 cctv 남아 있을까요?

고주환 네.

고주환, 박형사와 컴퓨터가 있는 책상으로 향하면
오승현도 두 사람을 따르는데... 핸드폰이 울린다. **'발신번호 표시제한'**

오승현 (멈칫- 긴장하며 전화 받는다) 여보..세요?

오택 아빠야..

오승현 (순간 울컥) 아빠?! 지금 도대체 어디서 뭐 하는 거야?

고주환과 박형사 놀라 오승현을 본다.

오택 긴 말할 시간 없어. 지금 어디야?

오승현 카센터..

오택 지금부터 30분 동안 꼼짝 말고 카센터에 붙어 있어. 11시 반. 카센터. 알겠지?

오승현 무슨 일인데..? 말을 해줘야지!

오택 다시 전화할게. (전화 끊는다)

오승현 아빠!!!!

17. 이병민의 집 / N

머리에 얼음 팩을 대고 있는 경호원에게 김중민이 오택의 사진을 보여준다.

경호원 네. 이 사람 맞습니다.

김중민, 돌아보면.. 거실은 난장판이 되어 있고.. 답답함에 한숨이 나오는데..
급히 밖에서 들어오는 이형사, 폰 화면으로 블랙박스 영상 보여준다.

이형사 찾았습니다.

INS.
블랙박스 영상. 이병민 집 앞. 택시가 이동하는데.. 운전석의 사람은 오택이다!

김중민 이 택시 당장 수배 때려!
이형사 네.

김중민, 폰이 울리자 전화 받는다.

김중민 어, 박형사. (박형사 이야기에 놀라) 뭐?!

18. 비포장도로 / N

숨이 턱까지 차오르며 어두운 비포장도로를 달리고 있는 윤세나와 고채리.
고채리를 부축하던 윤세나의 힘이 달리며 둘 다 주저앉고..
곤혹스러운 윤세나, 주위를 둘러봐도 도와줄 사람은 보이지 않는데
컹컹- 어디선가 들려오는 개 짖는 소리에 뒤돌아보면,

저 멀리서 다가오고 있는 차의 헤드라이트가 보인다.
갈등하는 윤세나... 저 차는 도움을 받을 수 있는 사람의 차일까.. 이병민일까..
윤세나, 결정을 내리고 고채리를 부축해 일으킨다.

윤세나 일어나요..

윤세나, 고채리를 밀고 끌며 길옆 그림자로 숨어들면,
아슬아슬한 타이밍에 다가오는 차.. 운전석의 사람은 이병민이다!
이병민은 다행히 두 사람을 보지 못한 듯 지나치고..
지켜보던 윤세나와 고채리는 안도하며 야산 속으로 몸을 숨기는데.......

끼익- 이병민이 얼핏 뭔가를 봤는지 차를 세운다.
고개 돌려 뒤쪽을 보면, 어둠 속에서 파르르 흔들리고 있는 나뭇가지!

19. 야산 / N

여름내 웃자란 양치류 따위와 수풀이 우거진 야산..
윤세나와 고채리가 더 깊고.. 어두운 곳으로 숨어 들어가고 있다.
그러다 어느 순간, **아악-** 작게 비명을 내뱉는 고채리.
보면 가시나무에 걸려 고채리의 옷가지가 찢겨나간 것.. 피부에선 피가 흐른다.
무력감과 두려움에 고채리는 울음이 터져 나오고..

윤세나 가야 돼..

윤세나가 그런 고채리를 다독이며 더 깊은 곳으로 이끌면..

20. 고주환의 카센터 / N

카센터로 들어오는 차.. 김중민이 뛰어내려 사무실로 들어간다.

김중민 전화 오기로 한 게 언제야?!

박형사 이제 곧이요!

오승현과 고주환이 걱정 가득한 얼굴로 김중민을 보면..

21. 야산 / N

계속 뒤를 돌아보며 도망치고 또 도망치던 윤세나가 문득 멈춰 선다.
고채리가 의아하게 보면,
윤세나의 시선에 보이는.. 가시나무에 걸려 있는 고채리 옷에서 찢겨나간 천 조각.

윤세나 다시 돌아왔어..

윤세나와 고채리.. 절망하며 서로를 보는 순간-
두두두두... 저 멀리.. 수풀 사이에서 이병민이 달려 나온다!

뒤돌아 달리기 시작하는 윤세나와 고채리..
그 뒤를 빠른 속도로 따라잡는 이병민..
윤세나는 고채리를 잡아끌며 힘껏 전력 질주해보지만..... 다다른 곳은 낭떠러지 앞!

그 순간, 달려온 이병민이 고채리의 목덜미를 잡아챈다.
고채리는 이병민에게 끌려가지 않기 위해 발버둥 치고..
윤세나는 그런 고채리를 이병민에게 빼앗기지 않으려 잡아당기는데-

이병민 가만히 있어!

조금 전 가시나무에 찢겼던 고채리의 겉옷이
당기는 이병민의 힘을 버티지 못한 채 찢겨버리면............
고채리의 팔을 잡아끌던 윤세나와 함께 두 사람은 낭떠러지 아래로! **아아악-!**

이병민, 달려가 낭떠러지 아래를 내려다본다.
까마득한 낭떠러지 아래.. 윤세나와 고채리의 흔적은 보이지 않는다.

22. 한강 습지 / N

한강을 바라보고 서 있는 오택.. 폴더폰 전원을 켠다.

23. 고주환의 카센터 + 한강 습지 / N

'발신번호 표시제한' 전화가 울리고
김중민과 고주환이 모여 앉은 가운데 오승현이 스피커폰으로 전화를 받는다.
박형사는 노트북으로 추적 프로그램을 모니터링 중.

오승현　아빠?

오택　거기.. 채리 왔어?

오승현　채리? 여기 있으라고 한 게 채리 일이었어?

고주환　택아! 채리, 그놈이 납치한 거지? 너 아는 거지? 무슨 일이야 대체?!

오택　채리.. 안 왔어?

오승현　어. 없어..

김중민　오기사님. 저 김중민입니다. 오기사님이 맞았습니다. 이병민이 승미양 죽인 놈 맞아요. 늦었지만 바로 잡겠습니다. 돌아오세요. 같이 채리양 찾아야 하지 않겠습니까?

오택　....

오승현　아빠..

오택　이병민은 이미 채리를.. 죽인 겁니다.. 승미를 죽였던 것처럼요.

오택의 말에 고주환과 오승현이 충격받는다.

고주환　택아! 그놈이 그러디? 채리 죽였다고?! 그놈이 그래?!!

오택　주환아... 미안하다.. 정말.. 미안해..

고주환　채리가.. 승미처럼.. (말을 잇지 못하고..)

김중민　오기사님. 정말입니까? 뭘 알고 계신 거예요?

오승현　아빠..

오택　승현아.. 아빠가.. 되갚아줄 거야..

김중민　아뇨! 안 됩니다!! 자수하세요. 제가 함께하겠습니다! 오기사님!! 지금 노현지씨 데리고 계신 거죠? 그러시면 안 됩니다. 그만하세요! 돌아오셔야 합니다!!

그런데.. 오택이 전화를 **뚝-** 끊어버리고-

김중민　　(박형사에게) 추적됐어?!

박형사　　하고 있습니다!

그 순간 고주환이 추적 프로그램이 도는 박형사 노트북을 들어 바닥에 던져 버린다.

김중민　　고사장님!

고주환　　채리가 죽었다잖아! 승미처럼... 채리도 죽었다잖아!!

승현의 눈에서 자기도 모르게 눈물이 주르륵 흐르고..

고주환　　나가!!! 다 필요 없어! 당장 여기서 나가라고!!!!!

주저앉아 흐느끼기 시작하는 고주환.. 흐느낌이 점점 격한 통곡이 되면..
김중민과 박형사는 차마 뭐라 못하고..
오승현.. 초점 없는 눈.. 금방이라도 바스러질 듯.. 충격에 얼어붙어 눈물만..

24. 한강 습지 / N

한강을 바라보는 오택.. 의지를 굳힌 듯.. 저벅저벅 택시로 다가간다.

택시 안.. 노현지의 시선으로 은색 커버 뒤 오택의 그림자가 다가와 서는 게 보이면,

오택E　　...미안합니다.

노현지, 죽음을 직감하고 막힌 입 너머로 ~~읍읍~~ 미친 듯 소리를 질러대기 시작한다.

택시 밖.. 노현지의 소리가 들려오는 가운데..
굳은 결심을 한 오택은 트렁크 쪽으로 가 차를 밀기 시작한다.
택시 안 노현지는 온몸을 뒤틀며 애원하지만..
그럼에도 오택.. 한강 물을 향해 계속해서 뚜벅뚜벅 택시를 밀면..

25. 야산 / N

야산의 어느 지점..
이병민, '노현지'에게 전화를 걸고 또 걸어보지만 상대의 전화기는 꺼져 있다.

이병민 씨발!

26. 한강 습지 / N

한 걸음.. 두 걸음.. 오택이 밀고 있는 택시가 한강 물과 가까워진다..
그렇게 한 걸음씩 노현지를 죽음으로 몰고 가는 오택의 얼굴이 보인다.
죄의식과 복수심.. 허탈함과 분노의 감정이 켜켜이 쌓인...
그럼에도 강한 의지가 느껴지는.. 오택의 얼굴이 화면 밖으로 사라지며..

FADE OUT

27. 어느 건물 앞 / N

FADE IN

이병민의 차가 와 서고.. 차에서 내린 이병민이 터덜터덜 건물로 들어간다.

28. 어느 건물, 계단 - 2층 공간 / N

계단을 올라 2층 공간으로 향하는 이병민..
불타고 있을 밀실 문은 닫혀 있고..
윤세나, 고채리와 싸움을 벌였던 흔적들이 남아 있다.

우두커니 서 있던 이병민은 문득 솟아오르는 화를 참을 수 없는 듯
보이는 물건들을 마구 던지고 부수며 화풀이하기 시작한다.
그렇게 분노를 뿜어내는 이병민 뒤로..
다가오는 사람의 실루엣이 보인다.
뚜벅뚜벅.. 2층 공간으로 걸어오던 사람의 발이 **빠직**- 뭔가를 밟으면..
윤세나의 페퍼 스프레이..

이병민.. 문득 인기척을 느끼고 돌아보면.. 오택이 서 있다.

이병민 하아.. 여긴 어떻게 알고 왔대?

페퍼 스프레이를 손에 든 오택의 시선에..
바닥에 떨어져 있는.. 자신이 건넸던 틴 케이스와 벗겨진 여자(윤세나) 신발이 보인다.

오택 (충격.. 분노를 삭이며) 세나도.... 죽인 거냐?

이병민 그럼 내 아들 죽일 동안 나는 뭐 놀고 있었을까?

오택, 세나의 페퍼 스프레이를 쥔 손에 힘이 들어가며 부르르 떨린다.

이병민 사람 죽여보니까 어때? 좀 강해진 거 같아요?

오택 ....

이병민 세상 두려울 거 없는 느낌이 어떠냐고?

오택 (노려보면) ...

이병민 맞네.. 그 눈빛.. 세상 착한 척하던 기사님은.. 없네 이제. (피식- 웃으며 비꼬듯) 우리.. 꽤 비슷해졌어요.

오택 그래.. 맞아. 니 아내.. 니 아들.. 하나씩.. 하나씩.. 다 죽였으니까.. 마지막은 너야.

오택, 인테리어를 완성하지 못한 채 널브러져 있는 자재들 가운데 가스 배관용 쇠파이프를 손에 쥔다. 이에 이병민도 바닥에 떨어져 있던 칼을 손에 쥐는데-

으아아아악!!! 어느새 돌진해온 오택이 쇠파이프를 휘두른다.
미처 자세를 잡지 못한 이병민이 손을 들어 막으면-
퍽- 퍽- 퍽- 오택이 휘두르는 쇠파이프가 내리꽂히고-
이병민, 칼을 거머쥐며 빈틈을 노리다 오택의 옆구리에 꽂는데-
휙- 오택이 방어하며 칼과 쇠파이프가 둘 다 날아가고-

오택, 옆에 있는 의자를 들어 이병민에게 내리꽂는다.
빠직. 의자가 부서지고-
그런 이병민에게 달려들어 무서운 기세로 주먹을 휘두르는 오택..
쏟아지는 오택의 공격을 막아내는 이병민의 모습 보이면-

29. 도로 / N

경광등을 올린 김중민의 차가 빠른 속도로 도로를 질주하고 있다.

30. (조금 전) 서문 경찰서, 형사2팀 / N

최형사가 노트북 화면을 보며 알아낸 사실을 전화로 김중민에게 급히 알린다.

최형사 (통화) 이병민 회사가 해외 거래를 할 때마다 끼는 중계 회사가 있더라고요. 알아보니까 페이퍼 컴퍼니였는데, 그 페이퍼 컴퍼니가 소유하고 있는 부동산 중에 그게 있었습니다.

최형사 노트북 모니터에는 '등기부 등본'이 떠 있다.
등기부 등본상에 보이는 주소.. **'파주시 백산읍 청비로 112번지'**. 그 위로-

최형사E 승미양이 죽은 사료 공장이요.

31. 어느 건물, 외부 / N

3층 건물의 전경.. 입구에 붙어 있는 주소 안내판 보이면.. **'청비로 112'**다.

최형사E 식품회사 하나가 그 땅을 매입해서 연구소를 짓다가 부도가 난 모양입니다. 그걸 이병민이 인수한 거예요.

32. 도로 / N

김중민, 액셀 밟아 앞차를 추월하며 속도를 높이고-

33. 청비로 112 건물, 2층 공간 / N

오택, 계속해서 주먹질을 해대는데.. 어느 순간.. **턱-** 팔을 붙잡는 이병민.
오택이 다른 손으로 또 주먹 날리자 주먹을 붙잡고 버틴다.
클린치 상태에서 서로 노려보는 오택과 이병민.
보면, 얼굴이 피투성이가 된 이병민.... 웃고 있다!
오택.. 힘겨루기 끝에 주먹을 빼내고 이병민을 붙잡아 밀어붙인다.
선반을 부수며 넘어지는 두 사람!
넘어지며 머리를 부딪치고 괴로워하는 오택은 천천히 몸을 일으키고..
오택을 보며 따라 일어서는 이병민.. 여전히 웃는 표정..
오택, 다시 한 번 이병민을 끝까지 밀어붙이면 작업등 하나가 터지며... **빠직-**
오택, 다시 한 번 몸을 일으키는데...... 이내 주저앉는다.
삐... 이명이 찾아오자 괴로워하며 머리가 아픈 듯 인상을 쓰는 오택.
이병민, 천천히 몸을 일으킨다..

이병민 다 한 거야 이제?

이병민, 힘겹게 몸을 일으키며 달려드는 오택에게 킥을 날리고-
오택이 넘어지면 재빨리 덮친다.
그리고.. 오택의 머리채를 쥐어 잡고 바닥에 내리찍기 시작하는 이병민.
쿵- 쿵- 쿵-!

이병민 더 해봐! 해보라고! 더 놀아야지!

푸우- 숨을 내쉬며 머리 쓸어 올리는 이병민, 괴로워하는 오택을 내려다보며..

이병민 고작 이 정도로 날 이기겠다고 나섰어?

이병민, 오택의 손을 붙잡고 앉아 손가락을 하나씩 꺾기 시작한다. **우두둑**-

오택 (고통에) 으헉!!

이병민 아파? (**우둑**- 하나 더 꺾는다)

오택 흐허헉!!!

이병민 참아봐! 벌써 기절하면 안 되지! (**우두둑**- 하나 더)

오택 (고통을 삼키며) 끄흐읍!

이병민 정신 차려! 두려움과 고통이 사라지면 삶이 즐거워진다니까.

으으으- 오택, 붙잡히지 않은 팔로 이병민을 쳐보지만.. 미력하다.
우두둑- 하나 더.. 손가락을 꺾는 이병민의 잔혹한 미소.

오택 흡!!

정신을 반쯤 잃은 채 눈만 껌뻑이고 있는 오택을 보며 이병민은 말을 잇는다.

이병민 당신이 이거밖에 안 되니까 당신 딸이 그렇게 된 거야.. 비겁하고 무능한 아빠 믿고 까불다가 죽은 거라고 오승미.

이명과 고통으로 머리를 짓찧으며 몸부림치는 오택..
혼미해진 정신을 부여잡으려 애써보지만 쉽지 않은데.. 들려오는 소리!!

오승미F　　우리 아빠는 날 위해선 뭐든지 할 사람이니까..

흐릿한 오택의 시선으로 보면..
이병민이 자신의 폰으로 녹음해둔 승미의 마지막 목소리를 재생하고 있다.

오승미F　　아빠한텐 나랑 내 동생이 전부니까.. 우릴 위해서라면 자기 목숨도 바칠 사람이니까.. 그러니까 아빠는.. 반드시 나 찾을 거거든.

이병민　　이런 벌레 같은 게 무슨..

오택을 내려다보며 비웃는 이병민..
오택, 고통 속에서 조금씩 손을.. 움직인다.

오승미F　　너.. 진짜 나 잘못 건드렸어.

이병민, 재생 멈춘 후 핸드폰 던져버리고.. 오택 위에 올라타 주먹을 휘두른다.

이병민　　(퍽-) 안 된다고! (퍽-) 넌 나한테 안 돼!

조금씩 움직이는 오택의 손은 공간 입구 쪽에 놓인 먼지 쌓인 소화기로 다가가고-

이병민　　(퍽-) 죽어라 하면 이길 줄 알았어?!

드디어 소화기에 다다른 오택의 손.. 소화기의 손잡이 부분을 잡는다.

이병민　　(퍽-) 내가 만만해?! 어!!!

오택.. 소화기를 힘껏 휘두르면........... **퍽-!!!**
방심하던 이병민이 머리를 정통으로 맞고 나가떨어진다!

잠깐의 정적 후...
오택이 힘겹게 몸을 일으킨다. 이명은 사라졌고..
뻗어 누워 정신 못 차리는 이병민에게 기어가 이병민의 머리통을 붙잡는 오택.

오택 너는.. 내 손에.. 죽는다..!

오택의 두 엄지가 이병민의 안구를 파고들면-!!

이병민 으아아아아아아아악!!!!!!!!!!!!!!!

안구가 터져나와 피와 진물이 쏟아지는 이병민.
그럼에도 멈추지 않는 오택!!!
이병민은 사력을 다해 오택을 밀치고 도망치기 시작한다.

34. 청비로 112 건물, 계단 + 2층 공간 / N

울음도 비명도 아닌 비참한 신음을 내며 암흑 속을 걷는 이병민..
2층 공간을 빠져나가 허공에 손을 휘저으며 걷다 넘어진다.

2층 공간의 오택은 꺾인 손가락들을 힘주어 맞춘다.

오택 으아아아악-!!!

고통을 참기 위해 잠시 심호흡하고.. 초인적인 의지로 일어서는 오택.
바닥에 이병민이 떨어뜨렸던 칼이 보이자... 다가가 줍는다.

위층으로 향하는 계단 위로 넘어진 이병민은 손을 뻗어 계단 난간을 붙잡는데,
뒤쪽에서 들리는 저벅저벅.. 오택이 다가오는 소리..
이병민, 난간을 붙잡고.. 비틀거리며.. 계단을 오른다.
이병민이 옥상으로 향하면,

오택도 힘든 몸을 끌고 계단을 올라 옥상으로-

35. 청비로 112 건물, 옥상 / N

문 열고 옥상으로 나온 이병민, 단차에 발이 꼬이며 다시 한 번 앞으로 고꾸라진다.

이어서 옥상으로 나온 오택.. 앞에 널브러져 있는 이병민이 보이자..
이병민의 종아리에 칼을 꽂는다!

이병민은 기어서 도망치고..
오택, 도망치는 이병민을 붙잡으며 칼을 뽑아내고 다시 허벅지에 푹-

다시 칼을 뽑으면,
두려움 속에서.. 앞이 안 보이는 이병민은 벌레처럼.. 기어간다. 가쁜 호흡과 함께...
흐흐흐... 닥친 현실이 믿기지 않는 듯 실성한 이병민의 웃음소리..

오택의 칼은 다시 이병민의 등을 향해 내리꽂히고-

흐으읍--!! 폐를 찔린 듯 크게 숨을 들이마시는 이병민..

칼이 등에 박힌 채 이병민이 계속 기어 도망치면..

마찬가지로 탈진 상태의 오택이 이병민을 뒤따른다.

36. 청비로 112 건물 앞 / N

끼익- 차가 와 서고, 시동도 끄지 않은 채 뛰어내려 건물로 달려 들어가는 김중민.

37. 청비로 112 건물, 옥상 / N

기어가던 이병민의 손은 옥상 끝 난간에 닿고..

이병민, 난간 만지며 일어서서 손을 뻗어보면.. 허공..

다가오는 오택, 이병민 등의 칼을 뽑아낸다.

큭큭큭.. 새어 나오는 허파의 바람 소리와 함께 이병민의 웃음소리..

오택은 그런 이병민을.. 한 치의 흔들림 없이.. 바라보고 서 있다.

이병민이 천천히 몸을 돌려 선다.

난간에 기댄 채.. 보이지 않는 완벽하게 망가진 눈으로 오택을 마주한 채 서면..

옥상으로 뛰어 들어온 김중민의 시선에..

이병민의 목덜미를 노리며 손에 쥔 피 묻은 칼을 꽉 거머쥐는 오택이 보인다!

김중민 그만하세요!!!!!!!!!

오택, 돌아보면..

김중민 오기사님.. 그만하세요..

오택, 다시 이병민을 노려본다.

오택 형사님은 이런 것도 목숨이라고 구하려는 겁니까?

김중민 저는.. 기사님을 구하려는 겁니다.

이병민, **킄킄킄킄** 기괴한 웃음을 흘린다.

오택 이놈이.. 승미를 죽였습니다.. 채리를 죽였고.. 세나를 죽였습니다..

김중민 (조심스레 다가가며) 제가 죗값 치르게 하겠습니다. 오기사님.. 약속할게요! 제가 반드시 그렇게 할 겁니다!

오택, 번민하지만 칼을 내리지 않는다.

김중민 기사님.. 칼 내려놓으세요..

오택.. 이병민의 얼굴을 보며 고개를 젓는다.

오택 이놈은.. 죽어야 합니다..

도저히 안 되겠다는 듯 다시 칼을 쥐어 잡는 오택!
김중민은 어쩔 수 없이 총을 꺼내는데-

오승현E 아빠!!!!!!!!

오택, 아들의 목소리에 놀라 칼 든 손을 멈추지만.... 차마 돌아보지 못한다.
박형사와 함께 막 옥상으로 달려 올라온 오승현..

오승현 하지 마.. 아빠.. 그러지 마.. 제발..

오택.. 동상처럼 멈춰 선 채 움직이지 못한다.
옥상의 사람들 역시 멈춰 서서.. 오택의 결정을 기다린다.
김중민은 오택의 칼 든 손과 어깨를 조준하며 상황을 주시하고..
미동 없이 칼을 든 아빠를 바라보는 오승현..

오택의 턱에서 땀이 뚝뚝..
갈등하던 오택........ 결국 천천히 칼 든 손을 내린다.
그리고 들고 있던 칼을 바닥에 떨어뜨리는데..

땡그랑-
바닥에 떨어지는 칼 소리를 들은 이병민의 얼굴에 미소가 핀다. **씨익-**

이병민 역시.. 그럴 줄 알았어.

SLOW MOTION
멈칫- 흔들리는 오택의 동공.
다시 고개 들어 이병민을 보는 오택.. 웃고 있는 이병민의 얼굴..
후.. 짧은 호흡을 내뱉고.. 한 발짝 성큼-

김중민은 오택에게로 달려가고-

오승현, 당황하며 오택과 이병민을 바라보면-

오택 으아아아악!!!!!!!!!!

오택은... 이병민에게 달려들어 그대로 이병민을 끌어안은 채..
옥상 난간 너머 아래로-!!!

오승현 아빠!!!!!!!!

김중민 오기사님!!!

38. 청비로 112 건물 앞 / N

옥상에서 건물 앞으로 동반 추락하는 오택과 이병민..
쿵-
건물 아래.. 인테리어 자재들이 쌓여 있는 곳 위로 떨어지며
오택이 이병민 위로 떨어졌다가 튕겨 땅바닥에 내동댕이쳐진다.

CUT TO BLACK

FADE IN
청비로 112 건물의 전경이 보인다.
인테리어 자재들 위의 이병민과 땅바닥의 오택..
눈 뜬 채 미동 없는 오택의 투명한 동공은 초점이 없다..

FADE OUT

암전 속에서 들려오는 목소리.

등산객E 이봐요! 이봐요! 정신 차려봐요!!

39. 야산 / D

정신을 잃었던 윤세나가.. 서서히 눈을 뜨면..
새벽 산행에 나섰던 등산객이 바위틈에 추락한 윤세나를 깨우고 있다.

등산객 신고했으니까 좀만 버텨요!

윤세나, 고개 돌려 옆을 보면.. 쓰러져 있는 고채리가 보이고..
고채리의 눈도 서서히 떠진다.
안심하는 윤세나의 시선에.. 푸르게 동이 터오는 새벽하늘이 보인다.

40. 병원, 응급실 / D

링거를 꽂은 채 응급실 침상에 누워 있던 노현지가 번뜩 정신을 차린다.

이형사 정신이 드세요? (간호사에게) 여기요!
노현지 (배를 잡으며) 아이.. 아이는요..?
이형사 무사하답니다.

안도하는 노현지의 눈에서 흘러내리는 눈물..

41. (플래시백) 한강 습지 / N

(#26 연결) 조금씩 앞으로 밀리던 택시가 멈춰 선다...
커버로 덮인 택시 안.. 노현지도 더 이상 택시가 움직이지 않음을 느끼면..

잠시 후, 택시의 커버가 벗겨진다. 그리고 딸깍- 뒷문을 여는 오택..
눈물과 땀범벅의 노현지가 오택을 올려다본다.

오택 도저히.. 도저히.. 못하겠습니다. 똑같이 갚아주고 싶었는데.. 못하겠어요... 나는.. 복수조차 못하는 못난 애비입니다.

여전히 두려운 노현지는 굳어버린 채 그런 오택을 보고 있고..
한참을 울먹이던 오택은 노현지에게 다가가 묶인 입과 팔을 풀어준다.

오택 미안합니다.. 정말 미안합니다..

오택, 그렇게 사과의 인사를 하고 뒤돌아 걸어가면..
그 뒷모습을 보며 갈등하던 노현지가 오택을 부른다.

노현지 저기요!
오택 (멈춰 서 노현지를 보면)
노현지 절대 용서 안 할 겁니다..
오택 (고개를 끄덕) 네...

노현지 그쪽 도와주는 거 아니에요. 내 남편이 저지른 죄를 용서할 수 없는 거지.

오택 ?

노현지 그 사람 지금 어디 있는지 알 거 같아요.

INS.

(9화, #53 연결) 폴라로이드를 보고 놀란 노현지. 금고 안에 뭔가가 더 있는 걸 보고 손을 뻗는다. 서류 하나가 나오면 **'부동산 등기 권리증'**. 주소란을 보면.. **'파주시 백산읍 청비로 112번지'**

노현지 파주요.. 자세한 주소는 기억이 안 나는데..

오택 ...어딘지 압니다.

노현지 ?

오택 이병민이 제 딸을 죽인 곳이니까요.

42. 이병민의 집 / D

과학 수사대가 이병민의 집 안 곳곳에서 증거 자료를 수집 중이고..
김중민이 터벅터벅 집 안으로 들어서면,
이형사가 다가와 그런 김중민에게 폴라로이드 사진들을 건넨다.

이형사 노현지씨가 금고 비번을 알려줬습니다. 그 안에 이병민이 그동안 저지른 살인의 증거들이 있을 거라고..

김중민 ?

이형사 폴라로이드 사진이 있었습니다. 열세 명요..

폴라로이드 사진들을 보는 김중민.. 늦었다는 자책감에 괴롭다.
경찰차와 경찰들로 혼란스러운 이병민의 집 전경이 보이는 가운데-

43. 파주, 병원, 응급실 / D

응급실 침상에 나란히 누워 있는 윤세나와 고채리가 보인다.
오승현은 고채리의 침대 옆에 앉아 있고..

고주환, 주환아내 (달려 들어오며) 채리야!!! 고채리!!!
고채리 엄마.... 아빠....

고채리는 고주환과 주환아내를 보자 눈물을 터트린다.
그런 채리를 꼭 안아주는 고주환과 주환아내..

고채리 이 언니가 나.. 구해줬어..
고주환 (윤세나 보며) 고맙습니다. 고마워요.

윤세나는 화답하듯 눈인사.
이들을 바라보는 오승현의 눈에 눈물이 고이면..

44. 병원, 병실 / D

침상과 연결되어 있는 수갑이 보인다.

수갑을 찬 손목의 주인공은.... 추락으로 만신창이가 된 오택이다.
공허한 눈빛으로 멍하니 천장을 보며 누워 있는 오택..
바짝 말라버린 듯.. 오택의 눈에선 어떠한 감정도.. 의지도.. 느낄 수 없는데..
병실 문이 열리고 오승현이 들어온다.
오택은 오승현이 왔음에도 여전히 천장만을 바라보고 있고..

오승현 아빠.. 채리 찾았어..

오택, 그 소리에 고개 천천히 돌려 오승현을 본다.

오승현 살았어.. 채리도.. 아기도.. 그리고 윤세나씨도..

말없이 다시 고개 돌려 천장을 바라보는 오택.
실감할 수 없는 듯.. 그렇게 가만히 천장을 보던 오택이 오열하기 시작한다.

오택 감사합니다.. 감사합니다.. 정말... 정말.. 감사합니다.

창문 너머 내리비치는 황금빛 햇살이 울고 있는 오택을 따스하게 감싼다.
오승현이 그런 오택의 손을 꼭 잡으면-

FADE OUT

45. (몇 개월 후) 법정 / D

법정을 가득 메운 방청객들이 웅성거리는 가운데..

김중민과 이형사, 박형사, 최형사 그리고 윤세나가 방청석에 앉아 있다.
피고인석 뒤에 앉아 있는 정판사도 보인다.

잠시 후, 교정 근무원이 미는 휠체어를 타고 이병민이 모습을 드러낸다. 과거 한껏 우월감을 드러냈던 모습은 간데없이.. 오택에게 잃은 두 눈 때문에 맹인용 선글라스를 끼고.. 폐가 망가져 휴대용 산소통 카트를 휠체어에 매단 채.. 산소통과 연결된 호스로 겨우 숨을 쉬는.. 수의 차림의 비루한 모습.. 그 위로-

판사E 이 법원이 적법하게 채택하고 조사한 증거들에 의거하여 범행 동기와 수단, 방법과 잔혹성을 종합해보았을 때,

46. 산부인과, 가족 분만실 / D

판사E 피고인의 극단적인 인명 경시에서 비롯된 계획적 살인들에 대한 공소 사실은 모두 유죄로 인정된다.

산통을 겪는 고채리 옆.. 오승현이 채리의 손을 꼭 잡고 있다.
후... 후... 호흡하는 고채리의 땀을 닦아주고..

47. 법정 / D

피고인석.. 긴장하는 이병민.. 그 위로..

판사E 변호인의 심신미약과 정신질환에 따른 감형 요청은 기각하는 바이며, 이에 다음과 같이 선고한다.

김중민, 판사를 본다. 윤세나도 긴장한 듯 꿀꺽..

판사 주문. 피고인을 사형에 처한다.

김중민이 고개를 연신 끄덕거린다.
인상을 찌푸리는 정판사의 모습 보이는 가운데..
아아악!! 소리 지르며 난동을 피우는 이병민.
버둥거리는 이병민을 보안관리대원들이 다가와 말리지만 난동은 계속되고..
윤세나가 그런 이병민의 모습을 똑똑히 지켜본다.
이병민, 결국 휠체어에서 떨어진 채 비참한 모습으로 끌려나가면-

48. 산부인과, 가족 분만실 / D

산고를 다 겪고 난 고채리에게 갓 태어난 아기를 안겨주는 간호사..
고채리와 오승현의 얼굴에 환한 미소가 번진다.

49. 봉안당 / D

김중민, 꽃다발을 내려놓는다.
함께 안치되어 있는 황순규와 남윤호의 유골함이 보이고..

남윤호와 함께 찍은 사진 속 환하게 웃고 있는 황순규의 얼굴..

김중민 늦어서 죄송합니다..

50. 인천 공항, VIP 라운지 / D

유모차 안의 아기를 바라보며 여권과 비행기 티켓을 확인하는 노현지.
전화가 울리자, 잠시 갈등하다 받는다.

노현지 네.
정판사F 나다. 미국 갈 거면 내 손자 두고 너 혼자 가.
노현지 그쪽 손자 아니고, 제 아들입니다. 앞으로 전화하지 마세요.

노현지, 전화 끊고 일어나 유모차를 끌고 라운지 밖으로 향한다.

51. 교도소, 접견실 / D

치즈케이크 한 조각이 보인다.
접견실 테이블에 앉아 있는 선글라스를 낀 이병민과 그 앞의 정판사.

정판사 먹어봐. 엄마가 특별히 가져왔어.

정판사의 말에도 미동 없는 이병민..

정판사는 이병민의 손을 끌어와 치즈케이크가 담긴 일회용 접시를 잡게 해준다.
그제야 이병민은 치즈케이크를 코끝으로 가져와 냄새를 맡는데..

정판사 너 좋아하던 거잖아.

냄새 맡은 이병민의 비릿한 조소.. 치즈케이크를 밀어낸다.

정판사 왜?

이병민, 엄마에게 다가오라 손짓. 정판사가 귀를 기울이면..

이병민 (귓속말) 내가 모를 줄 알았어?
정판사 ?
이병민 낳아놓고 죽이려는 건 반칙이지.
정판사 (어이없어하며) 무슨 소리야 그게?

눈이 멀어 선글라스를 낀 상태에서도 정판사와 시선 마주치듯.. 노려보는 이병민.
그런 이병민을 뚫어져라 보던 정판사는 도저히 제 아들을 이해할 수 없다는 듯.. 고개를 절레절레 흔들며 일어선다.

이병민 다시 올 필요 없어.

정판사는 대꾸 없이 접견실 밖으로 나서고..
소리에 귀 기울이고 있던 이병민, 정판사가 접견실 문을 닫고 나가는 소리 들리자..

문제없는 척했던 호흡을 가쁘게 들이마신다.

스으으으으읍.... 스읍.. 스읍..

부랴부랴 산소마스크를 쓰는 이병민..

어둡고 냉랭한 접견실에 홀로 남겨져 힘겹게 호흡하는 이병민 모습이 보이는 가운데..

악착같이 아등바등 삶의 의지를 드러내는 이병민의 가쁜 숨소리가 추하게 들려온다.

스읍... 스읍.. 스읍..

FADE OUT

52. (몇 년 후) 교도소 앞 / D

FADE IN

차갑고 살풍경한 교도소 전경이 보이고.. **끼이익**- 교도소 문이 열린다.

교도소에서 밖으로 나오는 사람은.... 오택이다.

오택, 하늘을 잠시 올려다본다.. 하늘이 청명하게 맑다.

53. 바닷가 / D

맑은 하늘 아래..

높은 파도가 바위에 부딪쳐 하얀 가루로 부서지면..

가족사진을 찍었던 그 바닷가 모래사장에 홀로 우두커니 앉아 있는 오택..

꺄르르르- 웃음소리와 함께 5~6살 정도의 여자아이가 오승현, 고채리와 함께 밀려오는 파도 사이에서 뛰어놀고 있다.
그 모습을 바라보는 오택의 눈에 그렁그렁 눈물이 맺히면..
고주환이 다가와 옆자리에 앉는다.

고주환 지금.. 울어?
오택 (눈물 감추며) 아냐..
고주환 청승맞긴..

하는데.. 꼬맹이 손녀가 놀다가 넘어진다.

오택 아이쿠! 우리 손녀 넘어졌네.

오택, 벌떡 달려가 손녀를 안아 들고 우루루루~ 해준다.
꺄르르 웃는 손녀의 미소에 오택도 절로 미소가 새어 나오고..
오택과 오승현.. 고주환과 주환아내.. 채리와 손녀까지..
파란 하늘 아래 환하게 웃고 있는 오택 가족의 행복한 모습에서..

FADE OUT

54. 서울, 도로 / N

밤. 서울 도심 풍경 속 운행 중인 택시 운전석의 오택이 보인다.
빨강 신호등에 정차하는 오택, 문득 옆을 보면..
오택의 택시 옆으로 차 한 대가 서는데.. 운전자의 얼굴 보이면 황순규다.

황순규, 조수석의 남윤호와 재밌는 이야기를 나누는 듯 화기애애하고..
오택, 그런 황순규와 남윤호의 모습에 기분이 좋아진다.

황순규의 차가 좌회전 받아 사라지고..
오택의 시선도 황순규의 차 따라 이동하면,
오택의 시선에 들어오는 호프집 노천 테이블.
오승미와 장미림이 노가리 안주를 사이에 두고 생맥주 마시며 재잘재잘 수다를 떤다. 뭐가 그리 즐거운지 깔깔대는 두 사람..
오택, 아내와 딸 환영을 잠시 바라보며 미소 짓는데..
신호등은 어느새 녹색 불로 바뀌고, 출발하는 오택.
오택의 택시가 서울 밤거리의 수많은 차량 사이로 미끄러지듯 들어간다.

- 끝

부록 1

'그날'을 둘러싼 타임라인

※ 대본상의 타임라인으로 본편 드라마와 일부 차이가 있을 수 있습니다.

2020년 4월 17일 금요일

03:00

- 금혁수가 대량살인을 목적으로 은랑구 고시원에 불을 낸다.
- 오승미 연락 받고 금혁수를 미행하던 정이든이 화재를 막으려다 금혁수에게 당한다.

06:00 ~ 08:00

- 고시원 화재 현장에서 혼수상태로 발견된 정이든이 한국대병원으로 실려온다.
- 응급실 근무 중 정이든이 실려온 걸 본 금혁수는 배신자 오승미를 죽이고 밀항할 계획을 세운다.

- 오택은 돼지꿈을 꾸며 잠에서 깨 로또를 구매한다.

- 금혁수는 오승미에게 자수할 건데 같이 가달라며 파주로 와달란 메시지를 보낸다.

08:00 ~ 09:00

- 오택은 오늘도 지각하는 야간조 양기사에게 한마디하려다 참는다.

◦ 오택의 택시 운행이 시작되고, 세양대 여대생이 탑승한다.

09:00 ~ 10:00

◦ 오택은 여대생이 교환 학생 면접에 늦지 않게 세양대에 데려다준다.
◦ 승미에게 전화할까 망설이던 오택, 국민MC를 태우고 상암으로 출발한다.
◦ 상암동에 도착한 오택, 승미와 영상통화를 시도하지만 바로 끊겨버린다.

◦ 금혁수는 파주까지 제 발로 온 오승미를 붙잡아 죽이려다 아빠 운운하는 승미를 보며 계획을 바꾼다.

16:00 ~ 16:30

◦ '운수 좋은 날'을 보내던 오택, 아들의 전화를 받고 청량리역으로 향한다.

◦ 대학가 디저트 카페. 황순규, 어제 윤호 관련해서 할 이야기가 있다며 만나자고 연락해온 정이든을 기다린다.

16:30 ~ 17:00

- 오택, 청량리역에서 장미림을 픽업해 승미가 사는 원룸촌으로 향한다.

- 황순규, 정이든이 고시원 화재 사고로 한국대병원에 있음을 알게 된다.

17:00 ~ 17:45

- 장미림에게 승미 등록금 400만원을 내일까지 주겠다고 호언장담한 오택은 친구와 지인들에게 돈을 빌리기 시작한다.

- 한국대병원으로 돌아온 금혁수, 중환자실의 정이든에게 염화칼륨을 주사한다.

- 정이든을 찾아 한국대병원에 온 황순규, 중환자실을 나서던 금혁수와 스치며 귀 만지는 모습을 보고 '그 남자'임을 알아보지만 놓치고 만다.
- 황순규, 정이든이 심정지로 사망하는 것을 본다.

17:45 ~ 18:00

- 아직 100만원이 부족한 오택은 근무 교대하러 회사로 향하다가 금혁수를 태우고 화월동으로 향한다.

18:00 ~ 18:30

- 화월동에 도착한 금혁수는 오택에게 목포행을 제안하고 오택은 마침 필요하던 100만원을 질러보는데 금혁수가 받아들인다.

- 한국대병원의 황순규, 금혁수가 정이든을 죽였다며 간호사들과 실랑이를 벌이다 쫓겨난다.

- 회사로 돌아와 양기사를 설득하려는데 쉽지 않은 오택, 반협박으로 야간 운행을 따낸다.

18:30 ~ 19:00

- 화월동으로 돌아온 오택, 금혁수를 태우고 목포로 출발한다.

19:00 ~ 19:30

- 황순규, 서문 경찰서의 김중민을 찾아간다.
- 황순규는 '그 남자'와 귀 만지는 모습이 비슷한 한국대병원 외과 레지던트 금혁수가 범인이라고 주장하지만 믿지 못하는 김중민은 증거가 있다면 믿어드리겠다며 당대표 경호 업무를 하러 떠난다.

19:30 ~ 20:00

- 오택의 택시는 서서울 톨게이트를 통과한다.
- 오택과 금혁수는 택시 안에서 〈택시 드라이버〉의 로버트 드니로 연기를 하며 즐거운 시간을 보낸다.

- 황순규, 백사장에게 전화해 금혁수 집 주소와 전화번호를 알아봐달라고 의뢰한다.

20:00 ~ 20:15

- 서해안 고속도로를 달리는 오택의 택시 안. 금혁수는 버스 사고 트라우마와 그 사고로 생긴 무통각증을 이야기하다가 손바닥을 칼로 그어 보인다.
- 놀란 오택이 운전 실수로 캠핑카운전자에게 욕먹는다.

- 백사장에게 금혁수 집 주소를 얻은 황순규, 화월동 금혁수 집을 찾아가지만 아무도 없다. 앞집아줌마는 금혁수가 캐리어 가지고 택시 타고 갔다고 전한다.

20:15 ~ 20:45

◦ 화송 휴게소에 들르는 오택과 금혁수.
◦ 오택은 화장실에서 캠핑카운전자와 재회하며 봉변당한다.
◦ 금혁수는 캠핑카를 찾아가 캠핑카운전자를 살해한다.

◦ 황순규, 금혁수 집에 몰래 들어가 증거를 찾아 나선다. 아들 윤호가 찍혀 있는 폴라로이드 사진을 발견한다.

20:45 ~ 21:00

◦ 금혁수가 캠핑카운전자를 죽인 줄 모르는 오택은 선금 50만원을 받고 다시 목포로 출발한다.

◦ 황순규, 김중민에게 전화 걸지만 연결이 되지 않는다.
◦ 황순규, 금혁수 집 근처 편의점 cctv에서 금혁수가 탄 택시를 찾아낸다. 소망상운에 전화를 걸어 택시기사 연락처를 얻어내지만 연결이 되지 않는다.

21:00 ~ 21:30

◦ 금혁수가 한지수 광고판을 보고 윤세나 이야기를 필두로 과거 이야기를 시작한다. 금혁수는 첫사랑 윤세나, 세나의 배신, 버스 사고, 공천석의 추락, 살인 충동 그리고 첫 번째 살인까지 털어놓는다.

◦ 황순규, 소망상운에 찾아가서 양기사가 있는 곳을 알아낸다.

21:30 ~ 22:00

◦ 금혁수가 가지고 있던 잘린 사람 손가락을 오택에게 보여준다.
◦ 놀란 오택은 운행을 거부하지만 폰을 뺏기고 어쩔 수 없이 다시 목포로 출발한다.

◦ 황순규, 해남기사식당의 양기사를 찾아내 오택의 연락처를 알아낸다.
◦ 황순규, 오택에게 전화를 걸지만 전화기가 꺼져 있다.

22:00 ~ 22:15

◦ 오택, 금혁수 몰래 비상 방범등을 켜지만 아무도 알아보지 못해 도움받지 못한다.

◦ 황순규, 대학가에서 진행 중인 당대표 행사장의 김중민을 찾아가 증거를 찾았다고 하지만 김중민은 불법 증거라며 거부하는데 행사장에 사고가 발생하며 아수라장이 된다.
◦ 김중민, 별수 없이 황순규를 두고 경찰서로 향한다.

22:15 ~ 22:30

- 안개 지역에 진입하는 오택의 택시.

- 경찰의 도움을 포기하는 황순규, 백사장에게 전화를 걸어 묵포 밀항 정보와 총을 구해달라 부탁한다.

- 안경남과 정장남 형제가 비상 방범등을 알아보고 다가온다.
- 오택의 택시는 임시 졸음쉼터에 정차한다.
- 오택을 도와주러 온 안경남과 정장남 형제가 금혁수에게 도륙당한다.

22:30 ~ 23:00

- 황순규, 백사장을 만나 권총을 받는다. 묵포 밀항 정보는 나중에 받기로 하고 일단 묵포로 출발한다.

- 금혁수는 오택의 목숨은 살려준다.
- 오택과 금혁수는 아직 살아 있는 정장남을 택시 트렁크에 싣고 다시 묵포로 출발한다.

- 김중민, 당대표가 입원한 한국대병원에 서문 경찰서장을 모시고 도착한다.

- 황순규, 서서울 톨게이트를 통과한다.

23:00 ~ 23:30

- 금혁수는 과거 이야기를 이어간다. 잉여 인간 살인에서 권태를 느끼고 새로운 타깃 남윤호를 고립시켜 죽인 뒤 장례식장에 찾아갔다는 끔찍한 이야기를 들려준다.

- 황순규, 화송 휴게소를 통과한다.

- 화송 휴게소. 휴게소 이용객이 캠핑카운전자 시체를 발견한다.

23:30 ~ 00:00

- 음주운전 신고 받은 고속도로 순찰대가 오택의 택시를 정차하고 검문한다.
- 오택은 금혁수의 협박이 두려워 순찰대를 돌려보내고 만다.
- 금혁수는 기회를 놓친 오택을 나약하고 비겁하다며 조롱한다.
- 참다못한 오택이 신고하겠다며 질주한다.
- 오택의 택시가 서강 톨게이트를 지나 서강면 비닐하우스에 추락한다.

2020년 4월 18일 토요일

00:00 ~ 00:15

- 한국대병원의 김중민, 우연히 TV에서 화송 휴게소 사건을 본다.
- 김중민, 황순규가 말했던 중환자실 cctv를 찾아보고 금혁수가 남윤호를 죽인 범인이 맞음을 직감한다.

- 황순규, 임시 졸음쉼터에서 안경남 시체를 목격한다.
- 황순규, 경찰들 대화에서 서강 톨게이트를 질주한 서울택시에 대해 듣고 그쪽으로 출발한다.

00:15 ~ 00:30

- 서강면, 비닐하우스. 추락한 택시 안에서 정신 차린 오택을 금혁수가 공격한다.
- 금혁수는 반항의 대가로 자기 대신 정장남을 죽이라 하지만 오택은 거부한다.
- 금혁수는 오택을 목매단다. 오택은 구사일생으로 목숨을 구한다.

- 서강 톨게이트에 도착한 황순규, 서강면으로 진입하며 오택의 택시를 찾아 나선다.

- 한국대병원의 김중민, 박형사와 화송 휴게소로 출발한다.

00:30 ~ 01:00

- 황순규, 히치하이킹하려는 금혁수와 스치지만 알아보지 못한 채 지나친다.

- 오택이 금혁수를 캐리어로 공격하고 도망친다.

01:00 ~ 01:30

- 폐모텔에 숨어든 오택, 금혁수와 숨바꼭질을 한다.
- 폐모텔을 빠져나온 오택, 야산으로 도망친다.
- 오택, 야산 낙엽 더미 속에 숨어 일단 금혁수의 시선에서 벗어난다.

- 황순규, 비닐하우스에 추락한 택시를 발견한다.

- 화송 휴게소에 도착한 김중민, 현장에서 금혁수 지문이 발견된 사실을 알게 된다.

01:30 ~ 01:45

- 오택, 외딴집을 발견해 도움을 청한다.

- 황순규, 정장남을 발견하고 그의 임종을 지킨다.

- 김중민, 팀장에게 금혁수 검거 작전을 허락 받고 목포로 향한다.

01:45 ~ 02:00

- 오택, 외딴집 중년부인의 폴더폰을 손에 넣으려는 찰나 금혁수가 등장한다.
- 오택, 중년부인을 구하기 위해 금혁수를 유인하며 도주한다.

02:00 ~ 02:30

- 오택, 갈대밭에서 추격전 끝에 금혁수를 따돌리는 데 성공한다.
- 오택, 중년부인에게 얻은 폴더폰으로 112 신고한다.

- 황순규, 서강면 경찰에게 취조당한다. 살인마가 있다는데 무안에서 형사가 오기 전에는 아무것도 할 수 없는 게 현실이다.

- 이형사, 목포 경찰에게 협조를 구하다가 서강면 소식을 전해 듣는다.

- 목포로 향하던 김중민, 서강면에 금혁수가 있는 것 같다는 이형사 연락을 받고 서강면으로 방향을 튼다.

- 송전탑 근처 개울가에서 잠시 과거를 회상하던 오택, 서강면 경찰에게 구조된다.

02:30 ~ 02:45

- 서강 파출소에 도착한 오택은 그곳에 도착한 김중민을 만나 자초지종을 털어놓는다.

- 황순규, 혼자 목포로 출발하려는데 금혁수로부터 도망친 오택이 서강 파출소에 있다는 말을 듣고 서강 파출소로 향한다.

- 김중민이 수색 작전 협조 문제로 잠시 자리 비운 사이 오택은 금혁수의 전화를 받는다. 금혁수는 승미를 살리고 싶으면 외딴집으로 오택 혼자 오라며 협박한다.

- 서울. 장미림이 승미가 하루 종일 연락도 안 되고 귀가하지 않자, 파출소에 가서 실종 신고를 하지만 접수를 거부당한다.

- 갈등하던 오택은 금혁수 동선을 묻는 김중민에게 거짓 정보를 제공한다.
- 김중민은 오택의 거짓 정보를 가지고 수색 작전을 총지휘하기 위해 출동한다.

02:45 ~ 03:00

- 오택, 서울의 장미림에게 전화를 걸어 승미의 실종이 사실임을 확인한다.
- 오택, 파출소를 빠져나가려는데 황순규와 마주쳐 실패한다.
- 오택, 진술하다가 담배 피우는 척 파출소를 빠져나가 외딴집으로 달린다.

- 오택이 어딘가 수상쩍다고 느끼던 황순규가 오택을 찾아 나선다.

03:00 ~ 03:15

- 오택, 자신을 쫓아온 황순규와 실랑이를 빚는다. 같이 가기로 한다.
- 오택, 황순규를 따돌리고 황순규의 폰과 차를 가지고 홀로 외딴집으로 향한다.

- 외딴집의 금혁수는 밀항브로커와 통화한다. 2시간 안에 목포에 도착해야 한다.

- 서울의 장미림, 승미친구들에게 전화를 걸어 수소문해본다.

03:15 ~ 03:30

- 외딴집. 금혁수, 엄마가 걱정돼 찾아온 손대현경사와 사투를 벌인다.
- 오택이 외딴집에 도착하며 금혁수에게 기회가 생기고 손경사가 사망한다.
- 오택, 승미가 아직 살아 있다는 금혁수의 말을 믿어보기로 한다.

- 황순규, 사라진 오택을 찾아다닌다.

- 오택이 준 정보대로 수색하던 김중민, 어딘가 이상함을 느낀다.

03:30 ~ 03:45

- 오택과 금혁수, 손경사가 몰고 온 경찰차를 타고 외딴집을 떠난다.

- 황순규, 오택의 경찰차를 스치고 자기 차를 되찾아 뒤쫓는다.

- 금혁수는 캐리어를 찾아가야 한다며 차를 돌리게 한다.

- 오택과 금혁수가 탄 경찰차가 서강면으로 향했음을 모르는 황순규는 목포 방면으로 직진한다.

- 서울의 장미림, 승미친구와의 통화에서 승미의 수상한 남친이 금씨라는 걸 듣는다.

- 금혁수, 오승미와의 이야기를 오택에게 들려준다. 오승미를 평생 가지고 놀려고 했는데 배신했기에 대가를 치러야 한다는 금혁수 말에 분노하는 오택.

- 김중민, 서강 파출소에서 오택이 사라졌음을 확인하고 박형사와 일단 서강 파출소로 향한다.

03:45 ~ 04:00

- 오택, 금혁수의 캐리어를 회수하다 김중민과 스친다.
- 오택 생각으로 복잡한 김중민이 오택을 알아보지 못하고 지나친다.

- 서울. 이형사와 최형사, 수상한 금혁수의 행적을 확인하고 금혁수가 오택의 택시에 탄 게 우연이 아님을 알아차린다. 이형사가 오택에 대해 물어보려 장미림에게 전화했다가 딸 승미의 실종 문제를 듣는다.

04:00 ~ 04:15

- 오택과 금혁수가 탄 7725 경찰차가 외곽 검문소를 무사 통과한다.

- 어느 검문소에 도착한 황순규, 경찰들에게 경찰차에 금혁수가 타고 있음을 알린다.

◦ 연락 받고 도착한 김중민이 황순규와 재회하고 놀란다.
◦ 김중민, 오는 길에 스쳤던 7725 경찰차를 기억해내고 검거를 지시한다.

◦ 오택과 금혁수가 탄 7725 경찰차, 서강면 경찰들에게 쫓기기 시작한다.

04:15 ~ 04:30

◦ 오택, 복잡한 농로에서 운전 실력을 활용해 경찰 추격을 따돌린다.
◦ 굴다리에 차를 숨긴 오택과 금혁수. 시간 내로 목포까지 가려면 서둘러야 한다.

◦ 황순규가 7725 경찰차를 놓친 김중민에게 연락해서 오택이 자기 폰을 가지고 있음을 알린다.
◦ 김중민은 황순규 폰을 위치 추적하지만 별정 통신사 폰이라 일과 시간 외에 추적이 불가하다. 김중민은 고민 끝에 오택과 직접 소통을 시도해보기로 한다.

04:30 ~ 04:45

◦ 낚시터. 새 차가 필요한 오택이 낚시꾼의 차 키를 훔치는데 김중민의 연락을 받는다.
◦ 김중민은 오택에게 협조를 부탁하지만, 승미 목숨이 걸린 오택은 거부

한다.

- 오택은 문득 금혁수가 애지중지하는 캐리어가 수상해 금혁수에게 비밀번호를 알아내 연다. 캐리어 안에 승미는 없다.

- 파주. 최형사가 승미가 마지막으로 확인된 장소부터 수색을 시작한다.

- 서울. 장미림이 서문 경찰서로 찾아와 이형사와 만난다.

04:45 ~ 05:00

- 오택이 김중민과 비밀통화를 하며 금혁수의 목적지가 만선항임을 알린다.
- 낚시꾼의 SUV를 타고 만선항으로 향하는 오택과 금혁수. 오택은 김중민과 비밀통화를 이어가며 승미가 있는 곳을 알아내기 위해 금혁수와 스무고개를 한다.

- 황순규, 백사장에게 연락해서 오늘 만선항에 밀항선이 뜬다는 걸 알아내고 만선항으로 향한다.

05:00 ~ 05:30

- 만선항 10분 거리. 밀항브로커의 전화로 오택의 비밀통화가 발각된다.
- 오택, 금혁수에게 밀항시켜주겠다며 승미를 살려달라 부탁한다.
- 오택, 목포 조폭 출신인 양기사에게 전화해서 동지항 밀항조직을 알아낸다.

- 서문 경찰서. 이형사, 장미림에게 오택과 금혁수가 한 스무고개 녹음 파일을 들려주며 단서를 구하려 하지만 장미림이 아는 단서는 없다.
- 이형사와 장미림, 수색 작전을 도우려 파주로 향한다.

05:30 ~ 05:45

- 오택과 금혁수, 동지항에 도착한다.
- 오택, 혼자서 밀항조직을 찾아가고 자기가 경찰이 쫓는 연쇄 살인마인 척 연기해서 밀항선 티켓을 따내는 데 성공한다.

- 김중민, 오택과 금혁수가 있던 곳에서 황순규 폰을 발견하지만 두 사람은 없다.
- 박형사, 양기사가 동지항 밀항조직을 수소문한 사실을 알아내 김중민에게 알린다.
- 김중민과 박형사, 목포 경찰을 이끌고 동지항으로 향한다.

- 만선항에 도착한 황순규는 아무도 없자 당황하지만, 밀항브로커를 찾아내고 협박해 동지항의 밀항조직 아지트를 알아낸다.

- 파주로 향하는 장미림, 아빠 없이 태어난 금혁수가 녹음 파일에서 '아빠'를 언급했음을 기억해낸다.
- 이형사는 금혁수 외조모를 만나러 김포의 요양병원으로 차를 돌린다.

05:45 ~ 06:00

- 동지항. 김중민과 경찰들이 등장하자 금혁수가 어부 하나를 죽여 혼란을 만들고 그 틈을 타 오택과 금혁수는 도망친다.
- 마침 동지항에 도착한 황순규가 오택과 금혁수가 탄 차를 뒤쫓는다.
- 김포 요양병원. 장미림이 금혁수 외조모를 설득해 금혁수 친부에 대해 알아낸다. 그가 살던 곳이 파주다. 그곳에 승미가 숨겨져 있을 거라 생각한 이형사는 최형사에게 먼저 수색을 지시하고 장미림과 함께 출발한다.

06:00 ~ 06:15

- 오택과 금혁수, 해안도로를 달려 밀항 포인트인 방파제로 향한다.
- 김중민, 밀항보스에게 방파제에 대해 알아내고 방파제로 출발한다.

- 파주. 금혁수 친부 집에 도착한 장미림과 이형사, 최형사는 승미가 거기 없음을 확인하고 더 이상 단서가 없음에 절망한다.

06:15 ~ 06:30

- 방파제에 도착한 오택과 금혁수. 밀항선에 신호를 보내자 픽업 보트가 다가온다.
- 오택, 금혁수에게 약속 지켰다며 승미 위치를 요구한다. 금혁수가 파주 주소를 알려주고 오택은 장미림에게 전화해서 주소를 전달한다.

- 파주. 오택에게 주소를 받은 장미림과 이형사, 최형사가 사료 공장으로 달려간다.
- 사료 공장. 장미림, 액화 폐사축 처리기에 녹아버린 승미의 사체를 발견하고 혼절한다.

- 금혁수, 오택에게 캐리어 안에 숨겨뒀던 승미의 잘린 머리를 보여준다.
- 오택은 절규하며 금혁수에게 총을 쏘지만 빈 총이다.
- 금혁수, 오열하는 오택에게 칼을 박아 넣고 바다에 던져버린다.
- 오택, 바다로 가라앉는다.

- 뒤늦게 도착한 황순규, 금혁수에게 총을 겨누는데 금혁수는 '금혁수'가 아니다!!!

부록 2

금혁수와 이병민의 진실

이병민

이병민은 좋은 집안에서 태어난 외동아들이다.

평범한 집안에서 태어난 이병민의 친부는 명문 사학과 제약 회사 등을 운영하는 처가의 배경을 노리고 판사인 정부영에게 접근해 결혼했다.

야망이 컸음에도 정작 처가 콤플렉스를 극복하지 못한 이병민의 친부는 항상 이병민에게 다른 외가 사촌들보다 더 뛰어나기를 요구했다.

이병민의 엄마 정부영은 선천적으로 모성애하고 거리가 먼 여성이다.

냉정한 판사로 소문난 그녀는 아들에게도 근엄하고 혹독한 훈육관 스타일이었다.

만족을 모르는 아버지와 근엄한 어머니 밑에서 잘난 외가 사촌들과 비교당하며 자라던 이병민은 내면의 어둠을 키워나간다.

한편 처가 콤플렉스가 뒤틀려 폭발한 이병민의 친부는 사업상 큰 불법을 저지르고 외도 사실마저 발각되어 아내와 장인에게 버림받는다. 모든 걸 아내와 처가 탓으로 돌리며 살던 그는 재기하겠다고 무리하다가 한창 나이에 뇌혈관이 터져 몸 한쪽이 마비되고 그가 세상에 알려지길 꺼리던 정부영의 부친, 이병민의 외할아버지가 그를 자기 재단에서 운영 중인 요양병원에 집어넣는다.

이병민 친부와 이혼한 정부영 판사는 양육과 모성에 원래 뜻이 없던 참자기를 스스로 받아들인다. 그리고 딸보다 아들들에게만 관심 많던 아버지를 설득해 대법관이라는 목표를 위해 정진하기 시작한다.

이병민은 자기와 닮은 구석이 있지만 자신을 정서적으로 학대하기도 했던 아버지와 애증의 유착관계를 느끼는데, 정부영 판사는 그런 이병민에게 아버지와의 절연을 요구한다.

아버지의 부재, 일밖에 모르는 어머니 그리고 타고난 짙은 그림자는 이병민을 점차 어둠의 심연으로 이끈다.

금혁수

실업계 고등학교에 다니던 금영란이 고3 때 실습 나간 공장의 공장장 이철상에게 겁탈당한다. 금영란은 부모에게 이 사실을 숨기다가 배가 불러와 발각되자 아무도 모르는 곳에서 아이를 낳아 기르려고 몰래 연고 없는 포항으로 도망친다.

금영란은 포항에서 금혁수를 낳아 혼자서 기른다.

공장과 식당에서 일하며 열심히 살지만, 여자 혼자 아이를 키우기란 쉬운 일이 아니다. 게다가 금혁수처럼 엄마보다 똑똑한 아이는 더더욱 힘들기 마련인데, 엄마 성을 따른 금혁수를 아이들이 놀리자 금혁수는 아이들에게 대가를 치르도록 보복한다. 그러한 악순환은 금영란을 많이 지치게 한다.

금혁수가 9살이 되던 해에 몸과 마음이 소진된 금영란은 결국 병으로 사망했고, 그 후 금혁수는 서울로 올라와 화월동 외조부모 집에서 자란다. 그리고 타고난 뛰어난 머리로 한국대학교 의과대학에 합격한다. 금혁수가 의사가 되고 싶었던 이유는 피와 뼈, 내장 따위로 이뤄진 인간 신체에 대한 호기심 때문이다.

대학생이 되고 자기 뿌리가 궁금해진 금혁수는 외조부모 몰래 아버지 이철상을 찾아내 만나러 간다. 이철상을 마주한 금혁수는 어린 시절부터 억눌러왔던 살인 충동이 아버지로부터 기원한 것임을 단번에 알아본다. 이미 여러 차례 사람을 죽여왔던 이철상은 아들에게 동물을 살육하는 법부터 시작해 사람을 죽이고 시체를 처리하는 법을 알려준다. 이철상은 과거 자신이 일했었지만, 지금은 망한 집 인근 사료 공장에서 사체를 처리해왔다. 금혁수는 이철상이 가르쳐준 방식에 자신의 똑똑한 머리를 더해 완전 범죄를 이어 나간다. 의사로서의 인생을 망치고 싶지 않았던 금혁수는 철저하게 자신의 욕망을 통제하며 잉여 인간들 위주로 살인한다.

그러던 어느 날 금혁수는 이철상이 어떤 여자를 강간하는 것을 목격한다. '내가 저딴 벌레 같은 인간의 씨앗이라고?' 이철상의 모습에서 혐오스러움을 느낀 금혁수는 아버지를 죽인다. 그리고 아버지에게 배운 대로 사료 공장의 액화 폐사축 처리기로 아버지 시신을 녹여 없애버린다.

아버지를 죽인 금혁수는 어린 시절부터 자신의 딸 영란의 인생을 망친 주범이라며 금혁수를 못마땅해했던 외조부까지 독살한 후 자살로 위장한다. 외조모는 언제부턴가 피 냄새를 풍기며 제 아비와 똑같은 뱀 같은 눈빛을 보이는 금혁수를 의심하지만 증거는 없다. 금혁수는 외조모를 요양병원에 입원시킨다.

2016년

이병민 고등학교 2학년, 금혁수 한국대병원 인턴

- 이병민은 우연히 본 〈오셀로〉 연극에서 데스데모나의 죽는 연기를 보고 윤세나에게 빠져 접근하고 친구가 된다.
- 이병민과 윤세나는 함께 많은 일탈 행위들을 하고, 부모를 교환살

인하는 고등학생 커플의 이야기를 인터넷 교환소설로 쓴다.

- 윤세나의 엄마는 이미 이혼하고 재혼해서 새남편과 미국에 살고 있었고, 세나는 친아빠랑 한국에 살았는데 사업 때문에 바쁜 친아빠는 윤세나를 거의 혼자 내버려둔 상황이었다. 세나는 부모의 이혼에 대한 상처와 부모 둘 다 세나를 키우고 싶어 하지 않아 서로 양육 의무를 미뤘던 것에 대한 분노를 자해로 분출하며 정신적으로 약한 상황이었다. 그런 마음을 이병민에게 부모에 대한 증오로 표현하고 이병민은 윤세나가 자기와 비슷한 존재라고 오해한다.
- 소울메이트 윤세나를 돕고 싶었던 이병민은 윤세나가 싫어하는 아빠가 애지중지하던 품종묘 코코를 잡아 죽이고 머리를 박제해서 세나에게 선물한다.
- 이병민이 무서워진 윤세나는 인근 공립 학교의 체육 특기생 공천석과 사귀어 이병민을 떼어내려 시도한다.
- 이병민은 공천석에게 달려들었다가 깨지고, 바다를 보러 가려고 버스를 탔다가 사고가 난다.

첫 만남, 각인

- 인턴 금혁수가 서울로 후송되어 치료 받던 이병민을 드레싱하던 중 실수로 가위를 떨어뜨린다. 가위는 이병민의 허벅지에 박히는데 이병민은 전혀 고통을 느끼지 못한다. 금혁수는 이병민의 무통각증을 흥미롭게 본다.

2화 19씬. (과거) 병원, 처치실 / D

실밥을 제거하던 수련의가 가위(Iris scissors)를 실수로 떨어뜨린다. 간호사 놀라는데.. 아무렇지 않은 금혁수, 간호사 시선 따라가보면.. 허벅지에 박힌 가위.. 무통증이 신기하기만 한 금혁수는 가위를 스스로 뽑아낸다. 빨간 피가 묻은 뾰족한 가위 끝날..

금혁수E 그때 생각했어요. 우와! 나한테 슈퍼파워가 생겼구나.

※ 대본상 표기된 '수련의'가 사실은 진짜 금혁수, '금혁수'는 사실은 이병민이다.

- 고통과 두려움이 사라지고 슈퍼파워를 얻었다고 생각한 이병민이 공천석을 유인해서 죽인다.
- 이병민의 집안에서 손을 써서 이병민을 수사망에서 배제시킨다. 공천석은 추락사로 사건 종결된다.
- 이병민이 무서워진 윤세나는 두려움에 떨며 엄마와 새아빠가 사는 미국으로 출국, 새아빠 성을 따라 송민선(a.k.a. Sunny)이 된다.
- 윤세나가 사라지자, 삶의 의미를 잃은 이병민은 고등학교를 자퇴하고 집에서 공부한다.

이병민 대학교 1학년, 금혁수 레지던트 2년 차

- 이병민은 한국대학교 경영학과에 입학한다.
- 신입생 오리엔테이션에서 이병민은 실수로 팔에 유리가 박힌다.

두 번째 만남, 관심

- 한국대병원 응급실에서 이병민은 옆 침상의 시체에 매혹당한다. 그 모습을 한국대병원 외과 레지던트 2년 차로 응급실에서 근무하던 금혁수가 우연히 보게 된다. 무통각증 때문에 각인되었던 이병민을 알아본 금혁수는 안 그래도 파트너가 있었으면 좋겠다고 생각하던 차에 이병민이 자신과 같은 부류의 사람임을 직감하고 관심을 갖게 된다.

2화 27씬. (과거) 응급실 / D

다친 팔에 붕대를 감고 응급실에 누워 있는 금혁수. 간호사가 링거액을 조정해준다.

간호사 치료는 끝났고, 링거 다 맞으면 퇴원하실게요.

간호사 떠나고, 금혁수 잠시 누워 있는데.. 금혁수의 옆 병상으로 피투성이의 응급환자가 들어온다. 의료진들이 다급하게 응급처치를 하지만 결국엔 사망하고 마는 환자. 유가족 하나가 난동을 피우자 소란이 이는데..

유가족 (울부짖으며) 내 동생 살려내! 살려내라고! 으아아악!

커튼 너머 금혁수 시선에 온몸이 찢겨 사망한 응급환자의 시신.. 새빨간 선혈..
금혁수.. 자기도 모르게 링거를 떼어내고 피투성이 시신에 다가가..
침을 꼴깍 삼킨다.
뭔가에 홀린 듯 시신의 벌어진 상처로 다가가는 금혁수의 손가락.
손가락을 통해 전해지는 감각에 금혁수는 자기도 모르게 미소가 흐르는데..
헉! 인기척에 돌아보면- 놀란 간호사가 보고 있다! 후다닥 도망치면-

누군가 POV, 응급실을 달려 나가는 금혁수를 지켜본다.

※ '금혁수'는 이병민이고 '누군가 POV'는 진짜 금혁수의 시선이다.

◦ 시체의 피 냄새를 맡으며 다시 한 번 깨어난 이병민의 살인 충동은 고교 시절 죽였던 공천석의 모습으로 이병민에게 나타난다. 그리고 이병민은 자신이 타인의 감정을 인지하지 못함을 깨닫게 된다.

○ 금혁수는 지하철에서 혼란스러워하는 이병민을 찾아가 넌 저들과 다르다는 사실을 알려준다.

2화 28씬. (과거) 지하철 / D

달리는 지하철 안 금혁수.. 천천히 손가락에 묻는 피 냄새를 맡는데.. 목소리가 들린다!

목소리E 받아들여.

금혁수, 고개를 들면.. 자신을 이상하게 보는 건너편 여자의 시선.. 어딘가 이상한 여자의 얼굴.. 눈, 코, 입이 있어야 할 자리에 있지 않은 마치 피카소 그림 같다.
잘못 봤나 싶어 인상 쓰는 금혁수.. 하지만 여전히 기이한 왜곡상의 얼굴이고..
돌아보면 주위 모든 사람들 얼굴이 왜곡되어 보이는데-
때마침 절연 구간을 지나는 지하철 내부 조명이 꺼지며 외부 조명이 점멸하고..
번쩍대는 조명 사이로 왜곡 얼굴들이 보이는 가운데.. 혼자만 멀쩡한 얼굴을 한 남자가 금혁수를 향해 뚜벅뚜벅 걸어온다. 자세히 보면.. 그는.. 공천석이다!
공천석은 당황한 금혁수의 옆좌석에 앉더니 금혁수의 귀에 속삭인다.

공천석 너는 저 사람들하고 달라.

※ '금혁수'는 이병민이고, 이병민에게 다가와 "너는 저 사람들하고 달라."라고 말하는 사람은 금혁수다.

※ 지하철에서 자신의 살인 충동이 시각화되어 나타난 '공천석'과 자신에게 다가와 말을 건 '금혁수'가 실제 이병민에게 혼란스럽게 중첩되어 보였을 것이라 생각하고 장면을 디자인했다.

- 이병민은 자신의 이드(id), 살인 충동인 공천석을 거부하며 약으로 버틴다.
- 한편 금혁수는 이병민을 자신의 파트너로 만들기 위해 지켜본다.

2화 32씬. (과거) 몽타주 中

- 클럽, 사이키델릭한 조명 아래. 금혁수는 트랜스 상태로 몸을 흔들고, 점멸하는 조명 사이 얼핏얼핏 공천석이 보인다. 금혁수가 마음에 들어 다가온 백인 여성이 엉덩이를 부비부비하며 춤을 추면, 금혁수는 그녀의 목덜미에 흐르는 땀방울에 흥분하고.. 최고조에 이르는 음악.. 조명이 빠르게 점멸하고.. 금혁수는 백인 여성의 뒤에서 천천히 목에다 손을 올린다. 금혁수가 여성의 목을 조르려는 찰나.. 자신을 지켜보는 공천석과 눈이 마주치고- 클라이맥스를 넘긴

음악이 뚝 끊기며 조명이 번쩍-

※ '금혁수'는 이병민이고, 지켜보는 '공천석'은 금혁수다.

공범의 자격, 살인

○ 이병민, 결국 노숙자를 죽여 첫 살인을 저지른다. 금혁수가 이병민 앞에 모습을 드러내고 이제 둘은 파트너가 된다.

2화 33씬. (과거) 공원 / N 中 후반부

당황한 금혁수, 돌아보면.. 대학생 무리는 하필 노숙자 시체가 있는 쪽으로..
그때! **우르릉 쿵쾅-** 천둥번개와 함께 사나운 소나기가 내리꽂히기 시작한다.
노숙자 시체 방향으로 향하던 대학생 무리도 비를 피하려 방향을 틀고..
장대 같은 빗줄기에 노숙자 손에 들려 있던 지폐는 하수구로 떠내려 가버린다.

금혁수 (자기도 모르게 웃음 터진다) 풉! 푸핫!! 푸하하하!!

축복이라도 받은 듯 장대비를 온몸으로 맞으며 미친 듯이 웃어대는 금혁수..

어느새 나타난 공천석이 웃으며 금혁수를 보면, 금혁수도 그런 공천석을 마주 본다.

금혁수E 그날 밤 저는 선택을 했고.. 다시 태어난 거예요.

※ '금혁수'는 이병민, '공천석'은 금혁수다.

2018년~2019년

이병민 대학교 1~2학년, 금혁수 레지던트 2~3년 차

- 금혁수는 이병민에게 타깃을 정하고 완전 범죄를 저지르는 방법을 알려준다.
- 이병민은 금혁수와 함께 잉여 인간들을 살인한다. 증거를 남기지 않는다.
- 두 사람은 때때로 사료 공장의 액화 폐사축 처리기로 사체를 처리하기도 하지만 대부분의 살인은 자연사, 추락사, 사고사로 처리될 수 있는 방법을 선택한다.
- 금혁수와 이병민은 함께 죽인 사람들을 폴라로이드로 찍어 기념하

기로 하고, 금혁수의 집 책꽂이 해부학 원서 안에 보관한다.

○ 금혁수는 이병민보다 뛰어난 머리를 가지고 있었고 훨씬 담대하기도 했다. 두 사람은 파트너지만 실질적으로 주범은 금혁수, 이병민은 종범이다. 천재 모차르트와 수재 살리에리의 동행 같은 이 둘의 관계는 열등 콤플렉스를 지닌 이병민 때문에 언젠가 생길 균열을 내포하고 있었다. 금혁수는 그걸 알고 있지만 이병민 따위는 언제든 해치워버리면 그만이라고 생각했고, 돈 많고 말도 잘 따르는 이병민이 부려먹기에 나쁘지 않아 함께 놀아주었다.

권태

○ 살인을 계속하며 우월감이 차오른 이병민은 잉여 인간 살해에 권태를 느끼고 또 다른 재미를 원한다. 이병민은 남윤호를 타깃으로 정하지만 금혁수는 반대한다. 쫓아다닐 가족이 있는 남윤호를 죽인다면 자신들도 위험해질 수 있다는 것이 그 이유다.

○ 하지만 이병민은 자기가 느껴보지 못한 모자(母子) 관계를 가진 남윤호를 반드시 죽이고 싶어 했고, 그렇다면 금혁수는 자살을 유도하자는 아이디어를 낸다.

※ 3화에서 이병민이 오택에게 하는 대사는 실은 금혁수가 이병민에게 했던 말이다. "직접 죽일 필요는 없잖아?"

○ 남윤호가 불가해한 망상에 괴로워한다. 사실은 이병민과 금혁수 두 명이 저지른 일이다.

※ 3화에서는 남윤호의 망상으로 표현되었으며, 8화 18씬에서 진

실이 드러난다.

- 남윤호가 드디어 자살한다.
- 이병민과 금혁수, 남윤호 장례식장에 간다.
- 남윤호 장례식장. 이병민이 엄마 전화를 받고 오는 사이, 혼자 있던 금혁수가 키득거리는 걸 운다고 착각한 남윤호의 동아리 후배 오승미가 티슈를 건넨다. 이병민은 그 모습을 목격하고 불길함을 느낀다.
- 금혁수, 오승미에게 호기심이 생겨 접근하고 남자친구가 된다.
- 금혁수는 오승미도 가지고 놀다가 죽일 계획이라서 폴라로이드를 찍어 보관한다.

  ※ 4화 폴라로이드 사진 속 오승미 사진의 존재 이유.

2020년

이병민 대학교 3학년, 금혁수 레지던트 4년 차

- 오승미와의 연애가 재밌어진 금혁수는 오승미를 평생 가지고 놀고 싶어진다.
- 금혁수는 이병민과의 약속대로 오승미를 죽이려 파주의 사료 공장에 데리고 가지만 죽이지 않기로 마음을 바꾼다. 이 일로 이병민은 점점 불안해진다.
- 더 이상 살인을 하지 않는 금혁수 때문에 무료함을 느끼게 된 이병민, 오승미를 질투하게 되고 오승미에 대해 좀 더 자세히 알아본다.

- 이병민은 오승미를 죽이지 않겠다는 금혁수에게 다른 살인을 제안하기로 결심한다. 주변에 cctv도 없고, 스프링클러도 없는 낡은 고시원 하나를 찾아내고 이병민은 고시원 사람들을 폴라로이드로 찍는다.
- 이병민은 금혁수 집에 찾아가 고시원 사람들 폴라로이드를 보여주며 대량살인을 제안한다. 이병민은 처음으로 자신이 짠 계획을 자신 있게 이야기하지만, 분명 꼬리가 밟힐 거라며 무시하는 금혁수에게 화가 난다. 금혁수는 일단 생각해보겠다며 이병민을 돌려보내고 오승미가 낮잠을 자고 있는 2층으로 향한다.
  ※ 5화, 2층으로 올라오는 이병민으로 표현. 사실은 금혁수다.
- 오승미는 남친 금혁수가 어딘가 이상함을 느끼던 중 우연히 해부학 원서의 폴라로이드를 발견하고 그 안에서 남윤호를 발견, 금혁수가 남윤호가 말했다던 바로 '그 남자'임을 직감한다.
  ※ 5화, 금혁수 집 2층에서 두려움에 떠는 오승미. 이것은 추후 이병민이 추론한 장면이다.
- 금혁수가 두려워진 오승미는 정이든에게 그 사실을 알린다.
- 남윤호 죽음에 의심과 죄의식을 지닌 정이든이 금혁수를 미행한다.

- '그 남자'에 대한 단서를 찾았다고 생각한 정이든은 황순규에게 연락해서 다음 날 만나기로 한다.
- 금혁수를 미행하던 정이든이 한국대병원으로 금혁수를 찾아온 이병민과 금혁수의 대화를 몰래 듣는다. 이병민은 다시 한 번 금혁수

에게 고시원 대량살인을 제안하고 금혁수는 거절한다. 정이든은 두 사람의 대화에서 '살인' 등의 수상한 단어들이 나오자 오승미의 말이 맞았음을 직감한다. 금혁수는 병원으로 돌아가고 이병민이 어딘가로 향하자 정이든은 일단 이병민을 따라가본다.

- 이병민은 홀로 고시원에 불을 지르는데, 뒤따라온 정이든이 말리자 이병민은 정이든의 숨통을 끊고 불이 난 고시원에 버려둔 채 떠난다.
- 하지만 정이든은 고시원 세탁기에 들어가 살아남는다.

2020년 4월 17일 금요일

이병민의 그날 새벽부터 오택의 택시 타기 전까지

- 새벽. 한국대병원. 응급실에서 근무하던 금혁수가 고시원 화재 시신들과 오승미친구이자 남윤호후배인 정이든이 혼수상태로 실려온 것을 본다. 이병민이 자기가 하지 말라고 했던 고시원 화재를 저질렀고 하필이면 정이든에게 발각당했음을 눈치챈다. 오승미도 아마 알 것이다. 금혁수는 모든 계획을 망쳐버린 이병민에게 화가 난다. 목격자인 정이든이 살아 있으니 자신도 위험해질 것임을 직감한 금혁수는 이병민에게 연락해 파주 사료 공장에서 보자고 한다.

- 파주. 사료 공장. 금혁수는 이병민에게 약을 탄 음료수를 건넨다. 금혁수는 이병민이 음료수를 마시자, 자신의 계획을 말해준다. **이병민**

을 죽인 후 녹여버리고, 정이든을 염화칼륨으로 죽인 후 모든 걸 이병민의 짓으로 만들고 이병민으로 위장해 고속도로를 타고 내려가 밀항하는 척했다가 돌아온다. 그러면 자기는 문제없이 다시 금혁수로 살아갈 수 있다는 계획.

◦ 그런데 금혁수에게 고통이 찾아온다. 금혁수를 의심한 이병민이 음료수를 바꿔치기했던 것. 금혁수, 하찮게 생각하던 이병민에게 당한 것을 어이없어한다. **이병민은 금혁수의 계획을 그대로 자기가 실행하겠다 말한다. 금혁수가 오만함의 대가를 치르며 죽는다.**

◦ 이병민, 금혁수의 손가락에서 지문을 벗겨내고 피를 뽑는다.

◦ 이병민, 금혁수 폰으로 오승미에게 문자를 보낸다.

◦ 금혁수의 문자를 받은 오승미는 금혁수를 자수시키기 위해 금혁수가 알려준 파주 주소로 찾아간다.

◦ 오승미를 파주 주소에서 맞이하는 건 오승미가 처음 보는 남자, 이병민이다.

◦ 이병민은 오승미를 공격하고 기절시켜서 의자에 묶는다.

◦ 오승미가 정신 차리고 넌 누구냐고 묻자 이병민은 지금껏 금혁수와 함께 살인해온 파트너임을 밝힌다.

◦ 이병민, 오승미를 죽이려는데 오승미가 하찮은 택시기사 아빠를 들먹이자 내기를 제안하고 손가락을 자른다. (**이병민은 이때 오승미 아빠 오택을 밀항 계획에 이용하기로 마음먹는다.**)

◦ 떠나려던 이병민은 굳이 약속대로 오승미를 살려둘 필요가 없다는

생각에 오승미를 죽인다.

◦ 이병민, 오승미 머리를 자른다. 자른 톱에다 금혁수 지문과 피를 묻힌다.

◦ 이병민, 금혁수의 시체를 녹이고 있던 액화 폐사축 처리기에 오승미의 몸을 추가로 넣고 돌린다. 오승미 학생증을 기계에 붙이며 학생증에 금혁수 지문을 찍어둔다.

◦ 이병민, 금혁수의 옷으로 갈아입고 금혁수의 의사 출입증과 폰, 오승미 손가락과 폰을 챙긴 후, 오승미 머리가 든 비닐봉지를 들고 인근 시내까지 걸어가서 지하철을 타고 화월동 금혁수 집으로 간다.

◦ 오승미 머리를 금혁수 집에 두고, 이병민은 자기 혼자 저지른 고시원 사람들 살인도 금혁수 짓으로 만들기 위해서 폴라로이드가 들어 있는 해부학 원서에 고시원 사람들 폴라로이드를 집어넣는다.

※ 1화, 황순규가 발견하는 금혁수의 방 안 해부학 원서 속에 금혁수가 죽이지 않은 고시원 사람들의 폴라로이드 사진들이 있는 이유.

◦ 이병민, 금혁수의 의사 출입증으로 한국대병원에 들어가 중환자실에 입원해 있는 정이든에게 염화칼륨을 주사해 죽인다.

※ 1화, 황순규가 발견하는 폴라로이드에 정이든은 없다. 왜냐하면 정이든은 원래 타깃이 아니었고, 목격자 제거를 위해 계획에 없던 살인을 하게 된 것이기 때문.

◦ 한국대병원을 나온 이병민, 인근 오택의 택시회사 앞 길목까지 걸어가서 교대 시간에 돌아올 오택의 택시를 기다린다.

2020년 4월 17일 금요일 오후 ~ 18일 토요일 새벽

- 이병민은 오택의 택시를 타고 화월동 금혁수 집에 간다.
- 오택에게 목포행을 제안하며 오택이 요구하는 100만원을 주겠다 하고 30분 후에 보기로 한다.
- 금혁수 집에서 오승미 머리와 금혁수 물건들로 채운 캐리어를 챙겨 나온다.
- 오택의 택시를 타고 목포로 출발한다.

- 이병민은 오택에게 자기를 금혁수라고 소개한다. "**금혁수예요.**"
- 캠핑카운전자를 죽이고 금혁수 지문을 일부러 캠핑카에 찍어둔다.
- 자기 얼굴이 촬영된 안경남 차량의 블랙박스를 없앤다.
- 서강면 비닐하우스에 전복된 오택 택시에서 블랙박스를 없앤다. 금혁수의 피도 뿌린다.
- 외딴집에서 손경사를 죽인 후 오택이 옷을 갈아입는 사이 손경사에게 금혁수 피를 뿌린다.
- 이병민, 방파제에 금혁수 물건이 든 캐리어를 둔다.
- 이병민이 오택에게 꽂아둔 캠핑 나이프에는 금혁수의 지문이 묻어 있다.

- 황순규가 등장해 이병민이 금혁수가 아님을 알아보지만, 이병민이 황순규를 죽여 더 이상 진실을 아는 사람이 없어진다.

- 이병민의 완전 범죄는 완성되며 모든 범죄는 '금혁수'의 짓으로 결론 나고, 경찰은 중국으로 밀항한 금혁수를 찾느라 헛고생을 하게 되지만 결실을 보지 못한다.
- **이병민은 서울로 돌아와 다시 아무렇지 않게 '이병민'으로 살아간다. 금혁수가 세웠던 계획 그대로.**

작가
pick!

회차별 명장면 & 명대사

1화

택시 드라이버

명장면 ◇ 32씬

영화 〈택시 드라이버〉 대사를 연기하는 오택과 금혁수

그날 밤의 모든 게 계획이었던 금혁수가 누구보다 인간적인 오택을 자극해 그림자의 영역으로 끌어들이기 시작하는 유혹의 순간입니다. 그 사실을 알리 없는 오택은 덥석 미끼를 물고 맙니다. 금혁수는 부당한 취급을 당해도 욕 한 번 하지 않고 넘기던 오택의 마음에 물결을 일으키는 데 성공하고 이것은 몇 시간 뒤 오택이 캠핑카운전자에게 항의하려고 캠핑카를 찾아가는 모습으로 증명됩니다.

서사를 구축해야 하는 작가로서 매우 중요한 시작점이었으며 금혁수가 던지는 타락의 미끼가 무엇일지 많이 고민했습니다. 그러다가 마틴 스코세이지 감독의 〈택시 드라이버〉라는 영화에서 로버트 드니로가 연기한 독백 장면이 떠올랐습니다. 저희 드라마하고 '택시'라는 소재가 겹치기도 했고, 금혁수의 모든 건 연기일지도 모른다는 복선으로서 좋은 선택이라고 여겨져 쓰게 되었습니다.

이성민 배우님과 유연석 배우님이 이 장면을 어떻게 만들어주실까 시청자의 마음으로 기대했는데, 승객에 대한 예우를 갖추며 허허실실 웃는 모습 속에 언뜻언뜻 이제 그만하라는 눈빛을 담아내신 이성민 배우님과 착한 청년인 척하다가 순간 번뜩이는 눈빛으로 포식자의 면모를 드러내는 유연석 배우님의 연기를 보고 '상상 속에서만 존재하던 오택과 금혁수가 비로소 살아 숨 쉬는구나.'라고 생각했습니다.

명대사 ◊ 40씬

금혁수 두려움과 고통이 사라지면 삶이 즐거워지거든요. 진짜 강해지는 거니까..

두려움과 고통을 못 느낀다는 원작 웹툰 속 금혁수 캐릭터가 새로웠고, 저희 또한 '고통'이라는 주제를 다루고 싶었기에 이 설정을 잘 살리고 싶었습니다.

인간을 인간답게 만드는 것 중 아마도 가장 큰 특징은 타인의 고통에 대한 공감 능력일 것입니다. 그런데 그 믿음이 어느 때보다 희박해지는 시대인 것 같습니다. 타인이 받을 상처와 고통을 외면할 수 있어야 성공할 수 있다는 새 시대의 신화가 형성되고 있는 것처럼 보이며 심지어 타인의 고통에 눈 감고 목표를 향해 돌진하는 소시오패스들을 숭배하는 경향마저 심심치 않게 보입니다. 금혁수는 이런 시대를 상징하는 '고통을 모르는 괴물'입니다.

고통을 모르고 목표로 나아갈 줄 아는 자신을 강자라고 생각하는 금혁수는 인간성 따위에 연연하는 오택 같은 이들을 비겁하고 나약한 약자들이라 무시하고, 하룻밤의 동행 동안 오택에게 강자가 되어 살아남고 사랑하는 가족을 지키라고 유혹합니다.

이 대사는 금혁수가 괴물성을 본격적으로 드러내는 첫 단추 같은 대사이기도 하며 그냥 들을 땐 그럴싸해 보이지만 한 번 더 생각해보면 섬뜩한 대사이기에 1화의 명대사로 뽑았습니다.

2화
좋은 사람은 찾기 힘들다

명장면 ◇ 50씬
임시 졸음쉼터의 안개 속 살인

선한 사마리아인은 존재하지 않는 것 같던 절망의 순간에 형제가 등장했고, 선한 사마리아인의 도움으로 오택은 벗어날 기회를 얻습니다. 하지만 살인마 금혁수에겐 안개라는 운이 따르고, 오택이 눈앞에서 살인을 목격하게 되는 장면입니다.

극중 안개는 금혁수의 운(luck)을 상징합니다. 세상의 질서는 악인의 편인 것인지.. 인과응보가 선명하지 않은 '불합리한 세상'과도 연결되는 장치입니다.

또한 동생을 두고 도망칠 수 없는 형(안경남)의 심정, 자신을 도와주러 나선 형제에 대한 걱정.. 그래서 홀로 도망갈 수 없는 오택이 그려지며 살인마와 인간이 어떻게 다른지 보여주는 장면이라고 생각합니다.

저희들은 이 장면을 설계할 때 〈죠스〉의 한 장면 같은 장르적 쾌감을 중점으로 두었습니다. 수면 아래 어디 있을지 모를 '죠스'에 대한 공포처럼 안개 속 어디선가 튀어나올지 모를 금혁수에 대한 공포가 그것입니다.

실제 드라마는 세트와 로케이션에서 찍은 장면들을 합친 것으로 알고 있습니다. 안개 표현이 잘될지 걱정을 많이 했는데 다행히 잘 표현되었고, 저희 역시 눈 돌릴 틈 없이 집중한 장면이었습니다.

명대사 ◊ 40씬

황순규 대체 어떻게 해야 수사해주는 건데요? (…) 범인이 뻔히 있는데.. 어디로 가는지도 아는데.. 그런데도 안 잡아요?!

연쇄 살인마를 다루는 드라마인 만큼 공권력을 어떻게 다룰 것인가 고민이 많았습니다. 저희가 선택한 것은 '현실'이라는 키워드였습니다. 실제로 어떤 경찰이 악인이겠습니까? 다만 그들에게는 많은 업무가 있고, 황순규의 사연만 들어줄 시간은 없는 것이 현실이라고 생각했습니다. 그런 공권력을 대표하는 김중민 형사에게 피해자 가족인 황순규가 절규하며 내뱉는 대사입니다. 김중민 개인으로선 황순규를 이해하지만 자기도 시스템 속에 존재하는 일개 톱니바퀴에 불과하기에 어쩔 수 없는 대응이겠으나, 그것을 당하는 황순규 입장에서는 분개하며 항변할 수밖에 없을 것입니다.

뒤늦게 금혁수가 진범임을 알게 된 김중민이 시스템의 순응자였던 자기 모습을 버리고 목포로 달려가게 되는 동인이 되는 대사임과 동시에, 평생 김중민 마음속에 남을 대사이기 때문에 황순규의 절규가 시청자분들과 김중민의 가슴에 깊숙이 꽂히기를 바랐습니다. 그리고 실제로 편집본을 확인했을 때 이정은 배우님이 꽂아주시는 대사 한마디 한마디에 황순규의 분개와 울분이 명확하게 전달되어 울림이 컸던 대사입니다.

3화

모든 일에는 대가가 따른다

명장면 ◇ 41씬

인과응보를 믿는 오택 vs. 능력주의 괴물 금혁수

명대사 ◇ 41씬

오택 아무리 그렇더라도 세상 살아가는 도리라는 게 있는 거 아닙니까?

저희가 생각하기에 3화의 명장면과 명대사는 모두 41씬에 있는 것 같습니다. 오택과 금혁수의 가치관이 정면으로 충돌하는 장면이고 분쟁과 투쟁을 피하며 살던 오택이 처음으로 맞서 싸우기로 결심하는 장면이기도 합니다. 또한 이 장면에서 오택에게 사기 친 후배에게 행했어야 했다고 한 금혁수의 충고를 파트 2에서 오택이 그대로 금혁수에게 행하게 되는, 복선으로서도 중요한 장면입니다.

착하게 살면 복 받고 죄지으면 벌 받는다고 말하는 오택의 믿음을 금혁수는 하나하나 반박합니다. 금혁수의 논리는 실제 이 세상의 진실을 드러낸 듯해서 자꾸만 현혹될 것 같습니다. 이때 오택은 "아무리 그렇더라도 세상 살아가는 도리라는 게 있는 거 아닙니까?"라고 반박합니다. 금혁수의 말처럼 설령 인과응보가 존재하지 않을지라도 인간으로서 지켜야 할 게 있다는 오택 내면의 빛나는 인간성이 희망의 불씨를 보여주는 대사라고 생각해 3화의 명대사로 뽑았습니다. 또한 이 여정의 마지막에 이르러 오택이 돌아와야 할 곳이 어디인지 암시해주는 대사라고 생각합니다.

덧붙이자면 '대화도 액션이다'라는 말이 있지만 저희들이 쓴 작품에서 실제로 그것을 느껴본 것은 이번이 처음이었습니다. 이성민 배우님과 유연석 배우님이 주고받는 템포, 감정, 뉘앙스 등.. 두 배우님의 모든 대사들이 주먹과 칼이 되어 액션 활극을 펼치는 느낌이었습니다. 또 다른 의미의 스펙터클을 느꼈다고 할 만큼 전율이 일었던 장면이었습니다.

4화

양과 늑대

명장면 ◇ 32씬

갈대밭, 금혁수에게서 도망치는 오택

4화에서 가장 주안점을 두었던 부분은 생존의 위기에 내몰린 오택이 느낄 공포의 클라이맥스였으며, 32씬은 그러한 저희의 의도가 잘 표현된 장면이라고 생각합니다.

예전에 검단산을 하루도 빼놓지 않고 등산했던 적이 있었습니다. 그 산이 익숙해질 무렵, 정상 부근에 있는 갈대밭을 지나는데 스륵 움직이는 갈대 물결에 순간 낯선 공포를 느꼈던 경험이 떠올라 이 장면을 상상하고 쓰게 되었습니다.

본편에서는 현장 상황에 따라 갈대밭이 아니라 옥수수밭에서 촬영된 장면입니다. 스르륵 움직이는 갈대 물결은 표현되지 못해 아쉽지만, 저희가 의도한 목적은 충분히 전달된 장면이라고 생각합니다. 특히 무성한 옥수수 사이로 도망치는 이성민 배우님을 죽일 듯이 추격하는 유연석 배우님의 클로즈업은 마치 리플리를 쫓는 에이리언같이 느껴졌습니다. 금혁수가 사이코패스 연쇄 살인마 그 이상의 악마 같은 존재로 느껴지길 바랐던 저희에겐 너무도 인상 깊은 모습이었습니다.

명대사 ◇ 25씬

황순규 내가 같이 있어줄게요. 좋은 생각만 해요. 좋은 기억.. 사랑하는 사람들.. 가족들을 떠올려봐요..

본편을 보신 분이라면 아시겠지만, 대본상 황순규가 정장남의 임종을 지키는 장면의 대사는 훨씬 길었습니다. 아버지의 마음을 보여줄 오택과 어머니의 마음을 보여줄 황순규의 감정은 결이 다를 것이라 생각했고, 이 장면에서 외로운 추격자 황순규 내면에 깊게 자리한 모성애를 드러내 보이고 싶었습니다. 아들을 죽인 살인자를 잡겠다는 일념으로 내달리는 상황일지라도 '엄마'라면 누군가의 귀한 아들이었을 청년의 죽음 앞에서 '아빠'와는 다른 반응일 것 같았습니다.

금혁수가 한 짓이 맞는지, 그래서 금혁수가 이 근처에 있는 게 맞는지 확인하고픈 급한 마음에 일단 물어봤지만 이내 사지를 헤매는 청년에게 자기가 못할 짓을 했다고 생각해 미안해하는 마음, 그리고 누군가의 아들일 그가 꼭 살기를 바라는 마음, 청년을 보며 자기 아들이 떠오르는 엄마의 마음과 무고한 이들의 희생을 막고 놈을 반드시 잡겠다는 결연한 의지까지 뒤섞인 복잡한 감정이 이정은 배우님의 연기를 통해 더욱 잘 드러났기에 명대사로 뽑아보았습니다.

5화
웃는 남자

명장면 ◇ 11씬
딸의 목숨이 걸린 아빠 vs. 아들의 복수가 걸린 엄마

드디어 오택과 황순규, 이성민 배우님과 이정은 배우님이 부딪혀 갈등을 빚는 장면으로 딸의 목숨이 걸려 있는 아빠와 아들의 복수가 걸려 있는 엄마가 정면으로 충돌합니다.

찰나의 순간에 인간된 도리와 부성애 사이에서 오는 딜레마를 보여주시는 이성민 배우님께 감탄했습니다. 특히 "제 딸은 살 수도 있는 것 아닙니까!!!"라고 순간 튀어나온 이기심을 내지른 뒤 곧바로 후회하는 모습을 보며 덜컥 숨이 멎었습니다. 오택의 복잡한 감정이 오롯이 전달되었기 때문입니다.

오택에 대한 이해와 연민, 그럼에도 그냥 보낼 수 없기에 달래보기도 하고 윽박질러보기도 하는 등 할 수 있는 모든 걸 동원하는 황순규의 감정 역시 이정은 배우님을 통해 절절히 전달되었습니다. 이정은 배우님이 "저도 안 됩니다!"라고 소리치는 순간, 오택과 황순규가 말하지 않아도 서로의 고통을 공감하고 있음이 느껴졌고, 11씬 전체가 단언컨대 5화의 하이라이트였다고 생각합니다.

명대사 ◇ 33씬

금혁수E　누구 딸 아니랄까 봐 지가 무슨 성모 마리안 줄 알아. (…) 오지랖도 적당해야지.. 처음엔 그게 혐오스러웠는데.. 어느 순간 호기심으로 바뀌었어요. 저 안에 뭐가 들었을까..

죄 없는 선량한 자가 그 선량함 때문에 악인의 타깃이 되어버리는 아이러니한 순간과 그런 아이러니가 존재하는 '불합리한 세상'을 여실히 드러내는 대사이기에 5화의 명대사로 뽑았습니다.

승미는 아빠 오택을 닮아 누구보다 인간적인 여성이고 순진하게 사람을 믿다 보니 금혁수 같은 악인을 알아보거나 경계할 능력이 부족했습니다. 금혁수는 자기가 죽인 피해자의 장례식장에 찾아갔다가 자신과 180도 다른 오승미라는 인간에게 호기심을 느끼고 말아버립니다. 금혁수는 '저렇게 착한 척 순수한 척해봤자 속에 든 건 추악한 모습일 것이고 내가 그걸 증명해 보이겠다'는 생각으로 오승미에게 접근합니다.

이 대사에서 중요한 첫 번째 키워드는 '오지랖'입니다. 오택과 오승미 부녀의 타인에 대한 인간적인 관심, 타인의 고통에 대한 연민을 금혁수는 '오지랖'이라는 단어로 폄훼합니다. 두 번째로 중요한 키워드는 '혐오'입니다. 사람을 있는 그대로 보고 받아들이는 오택과 오승미 부녀, 그리고 편견과 혐오를 넘어서자는 남윤호, 어떤 순간에도 상대를 이해하려고 노력하는 황순규와 달리 악인인 금혁수는 자기와 다른 타인을 인간 이하로 간주하고 혐오하는 성향을 지니고 있습니다. 이것들이 선과 악을 구분 짓는 차이점이라 생각했습니다.

첨언하자면 드라마를 보신 많은 분들이 느끼셨겠지만, 장례식장에서 우는 척하며 사실은 웃고 있던 유연석 배우님의 '웃는 남자' 연기는 진짜 사이코패스가 빙의되었다고 믿어질 정도로 순수악 그 자체였습니다.

6화
일어날 일은 일어난다

명장면 ◇ 48씬
밀항조직 아지트에서 금혁수인 척 연기하는 오택

전체 드라마를 통틀어서 최고의 명장면 중 하나로 뽑고 싶은 장면입니다. 저희가 대본을 쓸 때는 '오택이 딸을 구하기 위해 몇 시간 전 금혁수가 했던 말과 행동을 그대로 해서 밀항보스의 기를 꺾어놓는다. 그럼으로써 순진한 인간이었던 오택이 금혁수와 함께한 몇 시간 동안 어떻게 변화했는지 그리고 어떻게 변화할 것인지를 가늠하게 하겠다'는 목적을 두고 이 장면을 썼던 것 같습니다.

그런데 이성민 배우님께서 이 장면을 연기하며 오늘 밤 오택이 해온 수많은 잘못된 선택들에 대한 후회, 그리고 그 때문에 희생된 무고한 이들에 대한 죄책감까지 담아내시는 걸 보고 소름 돋을 만큼 경이로웠습니다. 저희가 쓴 장면과 대사가 단순히 금혁수의 것을 따라 한 것이 아닌 오택만의 대사로 재탄생하는 것을 보며, 배우님께서 오택에 대해 얼마나 깊이 연구하고 고민하셨는지 다시 한 번 느꼈습니다. 배우님에 대한 존경과 저희 스스로에 대한 반성을 동시에 하게 된 장면이었습니다.

명대사 ◊ 74씬

황순규 너.. 누구야?!!!

그날 밤의 여정이 마무리되며 비극이 휘몰아치는 6화 후반부의 오택, 금혁수, 장미림의 대사들 모두 강렬한 임팩트가 있지만, 그럼에도 황순규의 이 대사를 뽑아보았습니다.

처음 드라마로 확장된 이야기를 구상할 때부터 한 번도 변한 적 없는 반전의 대사였습니다. 원작을 보신 분이나 안 보신 분이나 모두 이 대사 하나로 충격을 느끼고 놀라워하시길 바랐고, 각자 나름의 파트 2를 다양하게 예측하시는 시청자분들을 보고 저희가 의도했던 결과가 나온 것 같아 다행이라고 안도했습니다. 이정은 배우님께서 분노와 긴장으로 가득 차 있다가 그 모든 걸 넘어서는 놀람으로 순간적인 몰입을 해주신 덕분인 것 같습니다.

7화

불행은 이유를 묻지 않는다

명장면 ◊ 35씬

그놈의 정체

4년 전 그날 밤 오택에게 '금혁수'라고 스스로를 소개했던 진범의 실체가 드러나는 장면입니다. 모든 걸 다 가진 금수저 엘리트였음이 밝혀짐과 동시에 내면에 숨겨진 우월 콤플렉스가 암시되는 장면입니다.

저희는 진정으로 악한 존재란 내면에는 혐오, 우월감, 계급 의식으로 꽉 찼으면서 외적으로는 젠틀한 가면을 쓴 위선자들이라고 생각했습니다. 그것의 집합체가 바로 이병민이란 캐릭터입니다. 오택에게 그랬듯 이병민은 자기 부하 직원들에게도 꼬박꼬박 존댓말을 하며 좋은 사람인 척 굴지만 사실은 수영장에서 물 튀긴 것만으로도 해코지해야 직성이 풀리는 그런 악인입니다.

본편에서 대본과 흐름이 바뀌며 이병민의 우월감을 건든 수영남이 자신의 차로 날아든 콜라병에 얼어붙는 장면이 삭제된 점은 아쉽지만, 그럼에도 자신의 열등감을 감추기 위해 별거 아닌 자극에도 과도하게 반응하는 이병민의 우월 콤플렉스가 유연석 배우님의 연기로 잘 드러난 것 같습니다. 수영 장면을 위해 몇 달간 고생하며 몸을 만드신 배우님의 노력에 감사드립니다.

명대사 ◇ 19씬

오택	모든 일에는.. 대가가 따르는 거야.

한때 누구보다 인간적이었던 오택의 변화를 명징하게 보여주는 대사입니다. 그날 밤의 '그놈'과 너무도 비슷해져버린 오택의 모습을 통해 오택은 과연 괴물이 되어버린 것인지 오택은 다시 인간으로 돌아올 수 있을지 걱정과 긴장을 하게 만듦과 동시에, 변해버린 오택이 반드시 그놈을 찾아서 복수하길 바라는 응원까지 많은 감정을 느끼게 하는 대사라고 생각해 7화에서는 이 대사를 뽑았습니다.

이 대사 또한 최초 트리트먼트를 작성할 때부터 강렬한 변곡점을 드러내는 장치로 이 위치에 셋업 해두었던 대사였습니다. 그러나 각색을 거치며 너무 직설적인 대사라서 삭제해보기도 하였습니다. 본편에서 이성민 배우님께서 하신 연기를 보고 이 대사를 저렇게 착 붙여서 현실감 있게 소화해주신다면 들어가는 게 백만 번 옳다고 생각했습니다.

8화

운수 좋은 날

명장면 ◇ 45~48씬

너는 금혁수의 공범이다

장면이라기엔 길지만 45씬부터 48씬은 한 호흡의 시퀀스이기에 이 장면을 뽑았습니다. 황순규의 화훼농원에서 오택이 이병민의 실체를 까발리는 장면인데, 일부러 두 사람의 사이코드라마를 보는 것 같은 연극적인 장면으로 디자인했습니다. 오택이 4년 동안 갈아온 복수의 칼날과 놈의 정체에 대한 추리가 맞아떨어질 때의 쾌감 그리고 자존심에 상처받은 이병민의 리액션을 보는 카타르시스, 오택의 히든카드에 이어지는 이병민의 반격이 엎치락뒤치락 숨쉴 틈 없이 이어지는 장면입니다.

다른 액션이나 인물, 장치 없이 두 캐릭터 간 대화로만 이루어진 이런 장면은 어쩔 수 없이 배우 두 분의 힘만으로 끌고 갈 수밖에 없기에 에너지 소모가 심할 것을 알면서도 욕심을 냈고, 염치 불고하고 밀어붙인 장면입니다. 장장 A4 8페이지에 달하는 이 길고 긴 장면을 이성민 배우님과 유연석 배우님께서 대본의 비트 하나하나 그리고 행간에 숨겨진 호흡과 감정까지 완벽하게 소화해주셔서 저희는 진짜 복 받은 작가들이라고 생각했습니다.

특히 이성민 배우님의 "그래서 승미의. 머리를. 능멸한 거야?!" 하실 때 치밀어 오르는 분노를 꾹꾹 씹어 삼키는 호흡과 유연석 배우님의 "차라리 날 죽여 이 싸이코야!" 하실 때 과다 출혈로 실신 직전이지만 끝까지 광기를 드러내는 모습은 기억에 오래 남을 명연기인 것 같습니다.

명대사 ◇ 1씬(본편 삭제)

오택 제가... '운'이 좋은 사람입니까?

아쉽게도 본편에선 삭제되었지만, 원래 8화 1씬에는 4년 전 오택이 복수를 위해 로또 1등 당첨금을 찾는 장면이 있었습니다. 인생의 아이러니, 운의 역전에 대한 드라마 〈운수 오진 날〉만의 얄궂은 정서를 씁쓸하게 드러내는 장면이라서 저희는 많이 좋아하는 장면이었는데 삭제되어 아쉬웠습니다. 8화의 클라이맥스인 화훼농원 장면은 이미 명장면으로 뽑았기에 삭제된 1씬의 오택 대사를 이번 화의 명대사로 뽑아봅니다.

9화

눈에는 눈, 이에는 이

명장면 ◇ 12, 14, 15씬 연결

우물 속 이병민의 부활

〈운수 오진 날〉에는 매 회차마다 상당한 난이도의 장면들이 있어서 그것을 연기하고 화면에 담아야 하는 배우님들과 현장 스태프분들께 죄송한 마음이 있었습니다. 그리고 이 장면은 그중에서도 상당히 어려운 수중 촬영 장면이었습니다.

과연 칠흑 같은 물속에서 저희가 상상한 대로 연기하는 게 가능할까 우려가 있었지만, 그래도 작가 된 입장에서 이 장면의 느낌을 전달하기 위해 지문을 자세히 묘사했습니다. 그런데 촬영된 장면을 보니 저희가 쓴 느낌 그대로 유연석 배우님이 '악마 같은 독기와 생존력을 드러내는 이병민'을 연기하시는 걸 보고 숨죽이며 지켜보았던 기억이 납니다. 그 어려운 걸 물속이라는 극한의 환경에서 표현해주신 배우님과 명연기를 멋지게 화면에 담아주신 촬영감독님께 대단하다고 말씀드리고 싶습니다.

명대사 ◊ 11씬

오택 　숨이 남아 있는 마지막 순간까지 상상해. 내가 무슨 짓을 할지. 내가 어디까지 갈지! 똑.같.이. 갚아줄게.

아들의 아이를 임신한 고채리를 4년 전 승미에게 그랬듯 이병민이 이미 죽였다고 확신한 오택이 마지막 남아 있던 인간성의 조각마저 버리는 순간입니다. 이제껏 오택의 복수는 이병민에게 국한되었으나 이제 그것을 넘어 '눈에는 눈, 이에는 이'로 나아가게 될 것을 암시합니다.

오택이 선을 넘는 순간 그로 인해 죄 없는 자의 희생은 불가피해질 것이며 결국 괴물이 되어버린 오택 역시 그가 저지른 죗값을 치러야만 할 것입니다. 4년 전만 해도 이런 일과 전혀 관련 없을 것 같던 오택인데, 이병민과 엮였던 그 하룻밤 때문에.. 오승미가 금혁수에게 베풀었던 그 한순간의 배려 때문에.. 생겨난 이 비극적 변화가 안타깝게 여겨지길 바랐습니다. 이병민에게 피의 복수를 선언하는 오택의 모습을 통렬하게 살려주신 이성민 배우님께 작가로서 감사한 마음뿐입니다.

10화

삶이 그대를 속일지라도

명장면 ◇ 54씬

에필로그

괴물(이병민)과 맞서 싸우다 심연으로 끌려 들어가던 인간(오택)은 가족과 주변인들의 구원을 통해 살인을 포기하고 인간성을 되찾음으로써 살인을 해야만 강해진다던 괴물에게 승리했습니다. 살인마는 시력을 빼앗겨 욕망이 거세당했고, 사형 판결로 사회적으로도 징벌당했으며, 스스로를 의심의 감옥에 가두었고, 가장 집착했던 아들과 절연당하는 형벌을 받음으로써 아직 세상엔 인과응보가 존재한다고 부르짖던 오택의 믿음이 끝내 확인되었습니다. 그러나 딸과 아내는 돌아오지 않습니다. 오택은 씁쓸할 것입니다. 마냥 좋거나 통쾌하지만은 않을 것입니다. 인간된 도리를 지켜 끝내 구원 받았지만 결국 비극인 것에는 변함이 없습니다. 그래서 이 에필로그를 오택에게 바치고 싶었습니다.

이 장면은 아마도 판타지일 것입니다. 〈라라랜드〉 엔딩에서 한때 사랑했지만 이루어지지 못한 두 남녀가 자신들의 사랑이 이어졌더라면 존재했을 가능태의 세계를 상상했듯이 오택이 이병민을 만나지 않았더라면 존재했을 가능태의 세계를 상상해보았습니다. 그곳은 황순규와 남윤호 모자가 재잘거리며 오늘 있었던 일상을 이야기하고, 장미림과 오승미 모녀가 호프집에서 함께 맥주잔을 기울일 수 있는 세계일 것입니다. 그리고 이것은 오택의 상상일 수도, 작가들의 상상일 수도, 시청자분들과 독자분들의 상상일 수도 있을 것입니다.

본편에서 환하게 웃으시는 이성민 배우님을 보며 '오택이 다른 세상에서는 저렇게 행복했으면 좋겠다'고 생각했습니다. 밤거리를 달려 앞으로 나아가는 오택의 택시와 함께 저희 역시 〈운수 오진 날〉을, 그리고 오택을 떠나보냈던 것 같습니다.

명대사 ◊ 1씬

오택 　당신 남편은 내 딸을 죽여 머리를 자르고 조롱했습니다. 내 아내는 그 충격으로 죽었고... 누나와 엄마를 잃고 힘들게 버틴 내 아들을 겨우 웃게 만든 여자친구도... 당신 남편이.. 죽였습니다. (…) 그 아이도 당신처럼 배 속에 아기가 있었는데 당신 남편은 그걸 알면서도.. 알면서도 그 아이를 죽였습니다. 후.... 그러니까... 내가 당신과 당신 배 속의 아기를 죽여야 공평하지 않겠습니까?

오택이 복수에 눈먼 괴물이 되었다고 해도, 노현지 배 속에 든 아기가 아무리 이병민의 핏줄이라고 해도 노현지와 태중의 아기를 죽일 수밖에 없는 상황은 오택에게 너무도 고통스러웠을 것입니다. 하지만 똑같이 갚아주기 위해선 이 방법밖에 없다고 확신하게 된 오택은 스스로를 합리화하며 '공평'이라는 키워드를 찾아냈다고 생각합니다. 저희는 그런 오택의 논리가 담긴 말과 그 기저에 있는 죄의식의 불균형을 통해 불합리한 세상에 의해 괴물의 길로 내몰린 오택을 표현하고 싶었습니다.

시청자분들 역시 아무리 오택의 복수를 응원한다 해도 지금 오택이 하려는 행위만큼은 말리고 싶으셨을 거라고 생각합니다. 그러한 마음이 모여 오택을 끝내 인간으로 돌아오게 만든 것이 아닐지 상상해봅니다. 사실 최초 트리트먼트를 작성할 당시엔 오택이 이병민과 함께 장렬히 산화하는 엔딩이었습니다. 그러나 점차 스토리가 구체화되고 캐릭터가 구체화될수록 오택을 살리고 싶었습니다. 특히 이 대사를 내뱉지만 끝내 실행하지 못하는 인간적인 인간 오택이 종국에 죽어버리는 세계는 저희 역시도 보고 싶지 않은 암울한 세계였기에 더욱 그랬습니다. 그러니 어떻게 보면 역설적으로 이 대사가 오택을 살리고 오택이 바닷가에서 손녀와 함께할 수 있도록 만든 대사이기도 합니다.

본편에서는 대사의 위치가 변경되었습니다. 저희는 오택의 이 대사로 최종회의 장막을 열고 싶었던 바람이 있었지만 불가피한 선택이었다고 보여집니다.

이성민 배우님께서 오택 역할을 수락해주신 순간부터 배우님께서 어떻게 해주실지 팬심으로 고대했던 대사였습니다. 먹먹하게 파고드는 오택의 감정을 저희뿐 아니라 〈운수 오진 날〉을 보신 분들께서 함께 느끼셨길 바라봅니다.

1화 **택시 드라이버**

1화 택시 드라이버

2화 좋은 사람은 찾기 힘들다

2화 **좋은 사람은 찾기 힘들다**

3화 **모든 일에는 대가가 따른다**

3화 모든 일에는 대가가 따른다

4화 **양과 늑대**

5화 **웃는 남자**

5화 웃는 남자

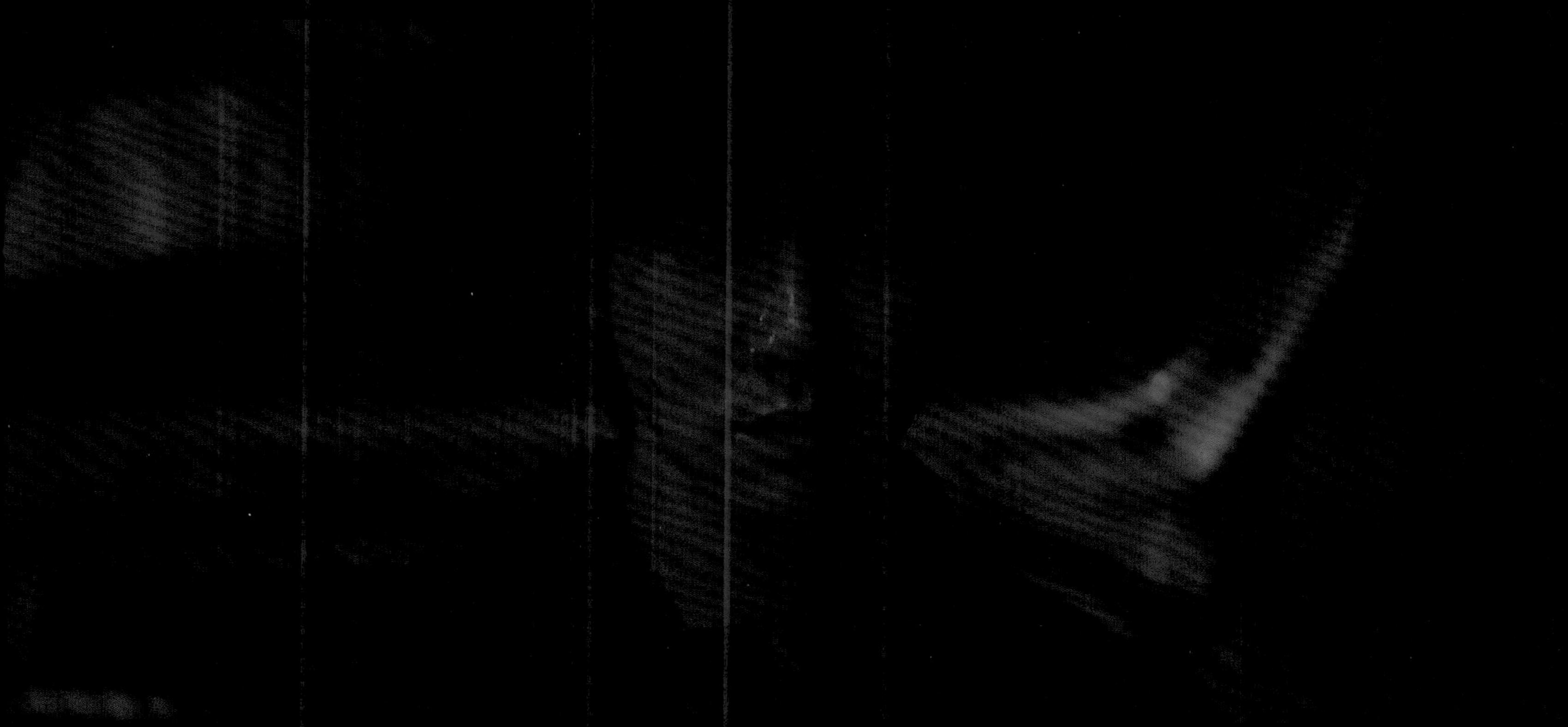

6화 일어날 일은 일어난다

6화 일어날 일은 일어난다

7화 **불행은 이유를 묻지 않는다**

7화 불행은 이유를 묻지 않는다

8화 **운수 좋은 날**

8화 **운수 좋은 날**

9화 **눈에는 눈, 이에는 이**

9화 **눈에는 눈, 이에는 이**

10화 **삶이 그대를 속일지라도**

10화 삶이 그대를 속일지라도

10화 **삶이 그대를 속일지라도**

〈운수 오진 날〉을 만든 사람들

출연
이성민 유연석 이정은 정만식 우미화 최덕문
정찬비 홍사빈 기은수 태항호 한동희 주연우
이강지 박환석 윤상화 이화정 남윤호 김준식 오혜원 안현호
특별출연 전현무 오종혁 김재범

제공 TVING
기획 스튜디오드래곤
제작 더그레이트쇼 스튜디오앤
기획 김제현 유상원 **제작** 오환민 김경태 권미경 **책임프로듀서** 장신애
기획프로듀서 김민 정혜원 **프로듀서** 최순규 허재무 **제작총괄** 강보현 강태주
촬영 이지훈 박준용 김영래 최영준 **조명** 류시문 홍기호 **미술** 김경호 **의상** 오상진 **분장** 조태희
그립 홍의수 강낙원 **동시녹음** 최지원 정종호 **무술** 이상하 **로케이션** 정종국 **특수효과** 전건익
편집 박경숙 **음악** 김태성
원작 네이버웹툰 〈운수 오진 날〉 **작가** 아포리아
극본 송한나 김민성
연출 필감성 이승훈

제작프로듀서 조영익 유진 이혜영 **라인프로듀서** 박규영 양석영 김진우
포커스풀러 김건용 임규도 이상민 신대균 **촬영팀** 최용민 김민영 신규민 방준혁 양유미 김호태 하태훈 김민수 박세혁 김경휘 김진우 남경태 조민수 김동주
현장편집 지형진 **DIT** [한유미디어] 박주현 이경민 한미정 김예주
조명1st 이태희 양기조 박선호 **조명팀** 신지용 홍수완 김우진 유성현 안유정 권민영 이은철 김영은 장서윤 김재은
발전차 김상봉 이병우 오성영 **그립팀** 이대우 류한얼 김태우 한예녹 이석찬 유승민
붐오퍼레이터 김지현 원근수 **붐어시스턴트** 김현우 우대호 **무술지도** 오태승
특수효과팀 정문권 **아트디렉터** 김새로미 **미술팀장** 정은별 고희정 신원진 **미술팀** 이지우 김경린
세트 [주식회사 디디에스] 김덕두 **세트팀장** 구용만 오유진 김준성 오미선
세트팀원 윤희환 정석환 최대윤 이춘 정재영
작화팀 김재환 최형우 서준영 **세트협력업체** 나무야놀자
소품 이덕상 **소품팀장** 김현순 **소품팀원** 최진주 **소품탑차** 강민규
의상팀장 한지은 **의상팀원** 이한나 오유정 **의상탑차** 오수련

분장팀장 윤혜빈 **헤어팀장** 윤지은 **분장팀원** 서혜림 신지영 한수정 지원 구유선 김려원 박채연 **특수분장** [SKYFX] 조태희 **특분실장** 김병록

특분팀원 송유나 임지찬 서예진 신민서 임서현 정윤지 황은선

종합편집 [리더스] 배지범 정예은

타이포그래피 [CGSEAL] 진동욱 이지혜

DI [Westworld Magic] **Head of Studio** 손승현

DI Supervisor 김형석 **Colorists** 이혜민 최은석 김원학 장동원

DI Assistants 우석인 박용운 최겸 김제현 이지은 **DI Technician** 주영견

Digital Image Mastering 이호우 임유정 **DI Production Manager** 이성현

Managing Director 정고은 **Management Support** 김현지 이찬희

Mix [리더스] 김광수 **Sound design** 문성용 **Foley** 노효민 김상윤

Visual Effect [미디어트리 컴퍼니] **Visual Director** 길형우

VFX Supervisor 유희권

VFX Technical Manager 김재겸 **VFX Producer** 김수현

Comp Supervisor 정혜림 **Comp Lead** 박나민

Compositors 이수영 신재연 고현경 김경원 서경원 이송림 정승아 김주은 **Concept Editor** 임종현

타이틀제작 [미디어트리 컴퍼니]

3D Visual Effects [OASYS STUDIO] **CEO** 이지윤

Executive VFX Supervisor 정지형 **VFX Supervisor** 엄준호 **2D Department Chief** 박영진

3D Department Chief 이은내 **VFX Producer** 김헌재 강다비 **Asset Artist** 복진선 이지한

Lighting Lead 박성혁 **Lighing Arist** 이담 **FX Artist** 서윤진 **Mattepaint Lead** 최돈성 최지혜

Motion Grahics Artist 김한아

Compositing Artist 김수연 유지수 고은미 김동윤 박진아 안영은 연지윤 황예림

VFX Supervisor 김소민 **VFX Producer** 이계선 **Production Assistant** 신정원

음악조감독 최정인 조경희 **작곡** 최정인 박준하 **오퍼레이터** 홍가희

서브편집 고봉곤 **편집팀** 이동현 최선엽 우희진

마케팅대행 [호호호비치] 이채현 이나리 이혜주 최은록 채민경 장희연

온라인마케팅대행 [절찬상영중] 조수정 최정원 정미경 이유진 이기쁨 최지애 김현지 김은아

홍보대행 [피알제이] 박진희 표재민 이미송 최현지 현예희 유수현 정예인

예고편제작 [비디오 브라더스] 정상화 최용진 주하정 김현준

포스터디자인 [스테디] 안대호 서기웅 이창주 전민경 안연경 박지인 김민경

포스터사진 [Exoticshop] 김진영

메이킹편집 [비디오 브라더스] 정상화 최용진 주하정 김현준

현장스틸 [Exoticshop] 김진영 박종희

현장메이킹 [비디오 브라더스] 천성수 유혜선

스텝버스 [동백미디어] 허명범 김기진

진행차량 [텐미디어] 송남헌 유흥환 이재언 [유진네트고속관광] 김형규 이정국 조남철

소품차량 [인아트웍] 심대섭 박민철 허성도 [디바인] 황의선 김도현

분장버스 [무비익스프레스] 이일호 [노아무비] 박기섭 **렉카/특수차량** [인아트웍] [디바인]

대본 슈퍼북

에이전시 [에이치나인컴퍼니] 이영섭

캐스팅디렉터 [㈜더블유에이에이] 김우종 김주남 [코드공일컴퍼니] 김지인

아역캐스팅 정시유 **보조출연** [민들레E.N.T] 지용현 김정일 권용채

동물 [이글루동물영화연기학교] 황명호 [애니픽쳐스] 조형옥

콘티 박종하 박종원

연극자문 손현규 **의학자문** 전승배 임시연 허영준 **영어자문** [ARA어학원] 정아라

섭외팀 임동규 김정민 **SCR** 김지수 강연희

연출부 장현희 이재민 김준영 최상빈 오시은 김하은 오경민 **연출지원** 이용출

내부조연출 남오현 **조연출** 이승원 위진우 김재영

제작기획 최주희 **투자/기획책임** 양시권 **투자/기획진행** 전혜린 최아름 조형래 이종찬

마케팅진행 김해전 김아라야 김수영 이영주 조혜진 **SNS관리** 이어진 **홍보** 박종환 김정은 박현수

법무 심지영 신효진 박혜원 **자체등급분류** 박종환 조한구

콘텐츠전략 이상화 손상희 최민영 민지현 윤채희 **콘텐츠유통전략** 최보연 이주영

IP사업/제작관리총괄 유봉열 **콘텐츠IP사업** 전슬기

제작관리 윤성욱 안지현 신지혜 최민영 **재무총괄** 장성호 재무 조규희 구샛별 정원용

사업기획총괄 정선화 **사업전략** 박예은 양동민

사업관리 김송래 김은길 이힘찬 임재이

VFX 서현석 박훤 김보경 **홍보/마케팅** 윤인호 최경주 임수영 김준홍

법무 박지혜 오혜진 이창우 **안전관리** 이진형 박광희 **노무** 이하림 **심의** 김하이

콘텐츠유통총괄 서장호 **해외세일즈** 김도현 정혜윤 안유나 강서윤 정지인

해외마케팅&재제작 이남주 장세희 김상윤 임주희 조건호 오선민 이진희

Tech&Art총괄 서정필

Virtual Production

VP manager 정창익 **VP supervisor** 최현오 **VP Producer** 김창훈

VP **Producer** 안희수 **VP Artist** 윤아리 **VP Artist** 송재우 **VP Artist** 이성욱

Tech Creation3

VP Stage Manager 유재영 **VP Specialist** 김범규 **VP Specialist** 김명섭

VP Specialist 최재선 **VP Specialist** 고정호

제작회계 강필호 박송이 **마케팅PD** 차세리 **사업기획** 구소영 **사업관리** 김주현 김채린